しめてくれないの？

杉原朱紀

幻冬舎ルチル文庫

CONTENTS ✦目次✦

抱きしめてくれないの？

✦イラスト・陵クミコ

✦カバーデザイン＝久保宏夏（omochi design）
✦ブックデザイン＝まるか工房

抱きしめてくれないの?

『余分なもの』には、人を幸せにする力がある。

なくても困りはしない――けれど、あると心地いいもの。遊びや、余裕。そんなふうに言われるものが、なにに対しても多少は必要なのだと思う。

浅水颯季《あさみさつき》が働くアパレルブランド『n/sick』の店内も、そんな少しの『余分なもの』が、ほどよい温度と落ち着いた空間を作り出している。

近代的なシンプルさの中に、アンティークなデザインをアクセントとして取り入れた内装。中でも、今颯季が立っているダークブラウンの木製カウンターは、重厚感と木の優しさを併せ持つ一番のお気に入りだ。側面に刻まれた繊細な彫刻と、カウンター端の柔らかなカーブが絶妙で、店の奥――左側壁際に据えられたそれは、店のシンボル的な役割も果たしている。開放的で、長時間ゆっくりと洋服を見ていられる居心地のいい場所。それが、店舗デザインを決める際のテーマだった。

「いつもありがとうございます。たくさん着てくださいね」

にこりと微笑《ほほえ》みカウンター越しにショップバッグを差し出すと、たった今会計を終えた女性が、受け取りながらわずかに頬《ほお》を赤くする。

一七八センチの身長と、貧弱すぎず、けれど筋肉のつきすぎていない細身の体軀《たいく》。そして、ほんの少し目尻《めじり》の下がった優しげな風貌《ふうぼう》。男らしいという形容はされないものの、それなりに華やかで見目がいい部類に入るという自覚はある。こういった反応もある意味慣れたもので、物言いたげにこちらを見つめる女性に、笑顔で首を傾《かし》げてみせた。

「あの……」

「はい？」

わざと相手の言葉を封じ込めるように——もちろん、そうとは気取《けど》られぬよう、鈍いふりをして明快な返事をする。かすかな動きに、柔らかな薄茶の髪が優美なラインを描く頬をさらりと撫《な》でた。

「いえ、あの……また来ます」

「ありがとうございます。お待ちしております」

本来なら店の出入口まで見送るべきなのだが、あいにく、今はカウンター近くにスタッフがおらず離れられない。会釈をして立ち去る女性客を笑顔で見送っていると、背後から突如小さな声が聞こえてきた。

「まーた、さっちゃんがお客さんたらし込んでる」

「……っ！　あー、びっくりした。ていうか、たらし込んでないじゃん。人聞きの悪い」

人の悪い笑みで隣に立った小柄な女性スタッフ——湯川《ゆがわ》に、濡《ぬ》れ衣《ぎぬ》だと唇《くちびる》を尖《とが》らせる。どうやら、いつの間にかカウンター奥のバックヤードから出てきて、颯季の背後で今のやりとりを見ていたらしい。

「意を決して話しかけようとしたけど、笑顔でシャッター下ろされたって感じだったよ。しかも、そうとは思わせない絶妙なタイミングと空気。んー……でも、あれは諦めてないと見た。またチャレンジしてくるよ、絶対」

「あはは……」

隣に並び、他には聞こえないくらいの声で分析を始める湯川に苦笑する。颯季が店で女性客に声をかけられるのは日常茶飯事。たまに店の外で会いたいという誘いを受けることもあり、それを断る度に、スタッフ達が面白がって颯季の躱《かわ》し方を吟味し始めるのだ。

販売スタッフチーフ兼カタログモデルという肩書きを持つ颯季は、その名の通り、ショップ店員の他に『n/sich』メンズラインのカタログモデルもやっている。カタログ自体は店舗配布や取引先への宣材として使われるだけだが、撮った写真がサイトや宣伝用ポスターなどにも使われているため、店に来て気がついた客に声をかけられる率が高いのだ。もちろん服によっては外部のモデルに頼む時もあるが、経費節減という四文字を振りかざされ、颯季がやることになるパターンが最も多い。

「雑誌に載ってから、余計に増えてきた感じだよね」

湯川の言葉に、否定はせず苦笑する。確かに、少し前に発売されたファッション雑誌の新ブランド特集に写真が数枚載ってから、誘われる回数が増えてきているのだ。

「二階にいる時はそうでもないけど、一階にいるとね。まあ、一時期のことだろうし……って、そういえばお帰り。千夏《ちなつ》ちゃん、大丈夫だった？」

「うん、ただの風邪《かぜ》だって。寝かせて、友達に時々様子見てもらうように頼んできた。ごめんね、休みだったのに呼び出して」

「いえいえ。どのみち、近くに来る予定があったからいいよ」

「なに、待ち合わせ?」

「そう。飲み友達とだけど」

なーんだ、という面白くなさそうな声の後、湯川がなにかに気がついたようにカウンターの向こうからは見えない位置で手を振る。

「お礼は、また今度するね。お客さん来そうだから、今のうちに抜けちゃっていいよ。後はやっとく」

「ん、了解。それ、納品チェックやりかけだから。荷物は裏、伝票はそこにまとめてる」

「はいはーい」

揃《そろ》って外向け笑顔のまま言葉を交わし、カウンター裏に置いたタブレットと伝票の束を指差す。先ほどまで、工場や、アクセサリーや靴など取引先ブランドから納入されてきたものをチェックしていたのだが、人手が足りなくなり途中で出てきたのだ。

今日は、午後から三時間ほど、湯川が抜ける穴を埋めるために出ていただけなので、他に引き継ぐようなことはない。こちらへ近づいてくる女性客が視界の隅に映ると同時に、お疲れさまと小声で言い残し、素早くカウンター奥の引き戸を開きバックヤードへと入った。

作業スペースになっている空間を通り抜け、裏口から建物の外へ出る。そのまま、店の入口とは反対側に隣接している、アトリエ兼事務所である建物へと向かった。

『n/sick』は、デザイナーである名取徹《なとりとおる》が四年前に立ち上げたアパレルブランドだ。展開しているラインはレディスとメンズが半々。客層は女性が六割、男性が四割といったところだろう。

立ち上げ当初は直営店舗がなかったため、別の場所にアトリエ兼事務所を構えており、商品はセレクトショップやファッション専門の通販サイトのみで取り扱ってもらっていた。そして二年前にこの直営店をオープンする際に、アトリエなども一緒に移転したのだ。

店舗は一階がレディス、二階がメンズ、三階が在庫置き場となっている。隣接する建物もほぼ同じ作りで、一階が事務所と応接スペース、二階から上がアトリエだ。

颯季は、四年前——ブランド立ち上げ当初から名取の下で働いている。前職を辞めたタイミングで、高校時代の先輩であった名取からうちに来ないかと誘われたのだ。今でこそ、それなりの肩書きがあるが、当初はスタッフも少なくほとんど雑用係のようなものだった。

(まさか、前の仕事の経験をこんなところで買われるとは思わなかったけど)

以前の仕事も接客業ではあったが、全く違う業種に不安がなかったと言えば嘘《うそ》になる。だが、元々洋服には興味があったし、なにより人に似合うものを見つけるのが好きだったため、始めてみれば楽しかった。

事務所の扉は開かれたままになっており、その向こうに置かれたパーティションが目隠しになっている。パーティションから顔を覗《のぞ》かせると、一人で黙々と作業をしている事務スタッフの女性の姿があった。他には誰もおらず、中に入ると、壁際に置かれたタイムカードを機械に通しながら声をかける。

「お疲れさま。湯川さんと交代したから、俺はあがるね」

「浅水さん、ありがとうございました。社長がいなかったので助かりました」

颯季の声に立ち上がった女性が、律儀に頭を下げてくる。全スタッフのスケジュール管理をしているこの女性が、数時間前に申し訳なさそうな声で休みだった颯季に電話をかけてきたのだ。

今日は社長である名取や、年数の長いスタッフ達が揃って休みや外出で不在だったため、颯季と同じ販売スタッフチーフの湯川が店舗とアトリエの責任者を兼ねていた。

そんな中、保育園に預けた湯川の一人娘が熱を出したと連絡が入ったらしく、迎えに行く間だけ代わって欲しいと頼まれたのだ。同じ肩書きを持つ颯季であれば、代わりが務められる。夕方の待ち合わせ時間まで身体《からだ》の空いていた颯季は、二つ返事で頷《うなず》いた。

湯川は、娘を産んで間もなく夫を亡くし、また両親も他界しているため、頼れる人間が少ない。事務スタッフの女性や颯季は、この店舗ができる前から湯川と一緒に働いており事情もよく知っている。できることがある時は手助けするようにしていた。

「どうせ待ち合わせでこの辺に来る予定があったし、困った時はお互い様。俺も湯川さんには色々助けてもらってるしね」

「デートですか?」

大人《おとな》しめながらも興味津々《しんしん》な様子で聞かれ、違うよ、と笑いながら手を振る。

「飲み友達。誰か紹介するとは言われたけど……っと、そろそろ行かないと」

「あ、お引き留めしてすみません。お疲れさまでした」

じゃあね、と挨拶をして事務所にある個人用ロッカーから荷物を取り出すと、店舗とは逆側の通りに面した入口から出ていく。

店から離れると、閑静な住宅街といった雰囲気の路地を目的地に向かって歩き始めた。颯季が働く店は代官山駅《だいかんやまえき》から少し離れた場所にある。大通りはそれなりに賑《にぎ》やかだが、この辺りは平日の日中ということもあり人気《ひとけ》もなく静かだ。

直営店を開く際、名取に頼まれ物件を紹介してくれそうな人物を当たっていたところ『人通りの多い場所からは少し離れているが、店舗とアトリエを併設できる』という、うってつけの物件を、条件つきながら格安で紹介してくれた人物がいたのだ。

そしてその人物が、これから待ち合わせている相手でもある。

「えーっと……この辺かな」

指定された場所付近に着くと、立ち止まって周囲を見回す。店から歩いて十分といったところだが、こちらの方角にはあまり詳しくない。

教えられたカフェの看板を探していると、ふと、二人連れの女性と目が合う。こちらを見ていたらしい二人に反射的ににこりと微笑み、声をかけられないようさりげなく視線を逸《そ》らして適当に歩き始めた。

女性に対して愛想よくしてしまうのは、一種の職業病だ。ただ、向けられる好意の受け流し方も知っているため、店以外の場所では、無意識のうちに声をかけられないようにする癖がついていた。

「ああ、あそこか」

幸い、進んでいた方向に目的の店を見つけ、そちらへ向かう。住宅街の中にぽつんと建っている大きくはない建物だが、ゴシック様式を思わせる外観はそこはかとない高級感を漂わせていた。

入口のドアを開くと、カランカランと懐かしいベルの音が響く。足を踏み入れた店内にざっと視線を走らせると、待ち合わせの相手は、窓際の外がよく見える場所に座っていた。

「いらっしゃいませ」

近づいてきた店員に待ち合わせだと告げる。相手がすでに来ていることを示すと、承知したように頷き、脇に避《よ》けて店内へと促された。

「お待たせしてすみません、沙保里《さおり》さん」

四人がけのテーブルに向かい合って座る男女。テーブルに近づき、窓際に座る女性——田《た》之上《のうえ》沙保里の傍《かたわ》らに立つと、まずは待たせたことを詫《わ》びる。実年齢を聞いたことはないが、颯季より片手以上は年上だろう相手は、そうは見えない優しげで華のある容貌にふんわりとした笑みを乗せてこちらを見た。肩にかかる緩く巻かれた髪が、動きに合わせて揺れる。

「まだ時間前だから気にしないで。仕事は？」

「終わりました。大丈夫です」

座って、という言葉に、沙保里の隣——通路側の席に腰《こし》を下ろす。そちらに座ったのは、単に沙保里が知り合いだからで、恐らく一緒にいる相手を紹介されるのだろうと思ったからだ。その相手——沙保里の斜向《はすむ》かいに座っていた男と対面する形になり、挨拶代わりに軽く会釈をした。

（げ、なんか睨《にら》まれてる？）

颯季よりさらに長身だろう男は、野暮ったい黒縁眼鏡《くろぶちめがね》の向こうから睨むようにしてこちらを見ていた。筋肉質というわけではないが、華奢《きゃしゃ》な颯季に比べると肩幅も広くしっかりとした身体つきで、切れ長の瞳とにこりともしない表情のせいか妙な威圧感がある。

手入れのされていない、伸びっぱなしのぼさぼさの黒髪。先ほど座る前にちらりと視界に入ったのだが、テーブルから覗いていた足下では着古されているらしいジーンズの裾《すそ》が擦《す》り切れていた。よく見れば、柄のない黒の長袖《ながそで》Tシャツもどことなく生地がよれている。

洒落《しゃれ》っ気《け》どころか、不潔感はないもののどちらかといえば無精さを感じる男は、沙保里の知り合いにしては珍しいタイプだった。

自身が、エステやネイルサロン、飲食店をオーナーとして幾《いく》つも所有している沙保里は、身につけるものにも一緒にいる人間にも、基準はそれぞれあれど一定以上のレベルを求める。

(恋人……な感じじゃないし、援助でもしてんのかな)

そんなことを考えている間にも、男はじっとこちらを睨むように見ている。相手の気に障《さわ》るようなことをした覚えもなく、喧嘩《けんか》を売られているようでいささかむっとする。だが、柄の悪い相手にいちいち怯《ひる》んでやるほどの可愛《かわい》げもないため、逆ににこりと微笑んでみた。

「……っ」

すると男が軽く目を見張り、さらに眼光が鋭くなる。剣呑《けんのん》な気配に、さすがに眉《まゆ》を顰《ひそ》めそうになったところで、沙保里の声が耳に届いた。

「紹介するわね。葛原《くずはら》君、この人は浅水颯季。私の友人。颯季、こちらは葛原信吾《しんご》君。私が持ってるレストランで、パティシエをやってるの」

パティシエ、という目の前の男からはあまり想像がつかない職業に、内心驚く。見た目で仕事をするわけではないし偏見だとわかっているが、人に喧嘩を売りそうな雰囲気と、ケーキの甘く繊細なイメージがどうにも合致しないのだ。

(人は見かけによらない、って感じなのかな)

そんな心の内はおくびにも出さず、へえ、と素直な驚きと感嘆のみを表情に浮かべる。

「浅水です。パティシエかあ……職人さんですね。すごいな」

「……──葛原です」

同じくらいの歳《とし》だろうと、礼を失しない程度のフランクさで話しかけてみるが、相手は必要最低限の自己紹介で頭を下げただけだった。会話が続かず流れた沈黙に「それで」と沙保里へ視線を向けた。

「紹介したい人って、葛原さんのことですか？」

「そう。実は……」

沙保里が説明を始めようとしたところで、あらかじめ頼んでいたのだろう、店員がコーヒーを三つ運んでくる。テーブルにカップを並べている間、三人とも口を閉ざし、カチャリという陶器のかすかな音だけが響いた。

伝票をテーブルに置き店員が去ると、沙保里は綺麗《きれい》に手入れのされたほっそりとした指先で、カップを手に取る。ゆっくりとコーヒーを味わい、カップをソーサーに戻すと同時に先を続けた。

「今度、そのレストランに雑誌の取材が入るの。料理はもちろん、デザートも味がいいって評判になっているから、葛原君にもインタビューさせて欲しいって言われてて」

「あれ、でも沙保里さん、今までそういったのってあんまり受けてなかったんじゃないですか？　店がうるさくなるって」

「昔はね。最近は、依頼元がちゃんとしたところだったら、受ける受けないは店に任せてるのよ。私を引っ張り出さない限りは、許可してるし。それでね、本題なんだけど、葛原君に颯季のセールストークを教えてあげて欲しいの」

「セールストークって……いや、業種違いますし。そもそもレストランのパティシエさんなら、俺達みたいに常時売場に出るわけじゃないでしょう」

がっつり話すことがない限り、そうそう必要になるとは思えないのだが。そう思ったところで、馬鹿ね、と簡潔な答えが返ってきた。マスカラに縁取られた瞳が、言葉通りの色を浮かべてこちらを見ている。

「インタビューがあるって言ったでしょう？　今の葛原君だと、店の宣伝どころじゃないと思うわ」

「へ……？」

「素直というか、直截《ちょくせつ》というか……言葉を選ぶのが苦手だから、喋《しゃべ》るのに向いていないの」

「いや、あの……」

溜息《ためいき》交じりの声に、本人の前でそんなことを言っても大丈夫なのかと少し慌てる。だが、ちらりと見た葛原は、沙保里の言葉を気にしている様子もなく、じっとこちらを見ていた。

「ああ、大丈夫よ。本人には言ってあるから。一応、向いてないって自覚もあるけど、それでも仕事ならちゃんとしたいって言うからここに連れてきたの。歳も近いし、内容的にも颯季が最適でしょう。やってくれるわよね？」

断られるなどとは微塵《みじん》も思っていないだろうふんわりとした優雅な笑顔で、沙保里がこちらを見る。一見おっとりとした優しげな雰囲気の女性だが、その実、押しも強くにこにこと笑いながら意思を通すのが上手《うま》い人なのだ。もっとも、それくらいでないと、何軒もの店のオーナーなどできはしないだろうが。

（そりゃ、沙保里さんには世話になってるから、受けるのはいいけど）

「俺だってその道のプロってわけじゃないですよ。教えるったって……それに、本人の希望も聞いた方がいいんじゃないですか？」

そもそも顔を合わせた時から、不穏な空気が漂っているのだ。こっちはよくても、相手が嫌なんじゃないか。そう思いつつ告げれば、沙保里が葛原を見た。

「こんな、見た目も中身も軽そうな男に頭を下げるのは嫌？　葛原君」

「って、沙保里さーん」

それが颯季を貶《けな》すためでないことはわかっているため、苦笑しながら小さく呟《つぶや》く。女性受けする華やかな容貌と雰囲気、そしてこれまでの経歴から、特に同性からはやっかみ混じりに顔だけで頭も中身も軽いと思われ見下されることが多々ある。今の言葉は、単に相手が颯季をどう扱うかを見るためのものだ。もしこれで颯季を馬鹿にするような気配があれば、こちらから断るまでもなく沙保里が依頼を引っ込めるだろう。

「確かに見た目は軽そうですが、嫌ではありません。よろしくお願いします」

沙保里の言葉に、葛原が、きっちりと真面目《まじめ》な声で返し頭を下げる。

（おいおい、軽そうなのは肯定するのかよ）

心の中で突っ込みを入れつつ、こういうところかと納得もする。思っていても言わなくていいこと。言い方を変えれば柔らかくなる言葉。人への伝え方には色々な方法があり、同じ内容でも言葉を選ぶだけで、与える印象が一八〇度変わることがある。

恐らく葛原は、自分の言葉を人がどう感じるか、を考えて喋るタイプではないのだろう。

「はい。本人の希望も聞いたし、これで問題ない？　もちろん、お礼はちゃんとさせてもらうから」

「……あー、はい。わかりました」

ここまで来ると、幾ら断っても結局は沙保里に押し切られてしまうのだろうと予想がつくため、大人しく引き下がることにする。何回か会って、言い方を教えればなんとかなるだろう。そう思いつつ、葛原を見た。

「じゃあ、これからよろしく。で、沙保里さん、合格ラインは？」

「そうねぇ。さりげなく店の宣伝ができるくらいになるのが最低ライン。誰かを口説《くど》けるようになったら花丸」

「ハードル高いですね。まあ、できるだけのことはしますよ」

「お願いね。じゃあ、私は行くところがあるからこれで失礼するわ。颯季、また今度付き合って。パーティーがあるの」

「了解です」

仕事上のパーティーや食事などで同伴が必要な時、沙保里はよく颯季に声をかけてくる。曰《いわ》く、見た目がよくて飽きさせない程度に話ができて、かつ後が面倒くさくないから、らしい。以前、どうして恋人に頼まないのかと聞いたら、プライベートの相手は、仕事の場には連れ出さないと決めているのだそうだ。かといって下手《へた》な人間に声をかけると、後々言い寄られてトラブルになることがあるのだという。

(美人だし、資産家だし。仕方がないとはいえ、大変だよな)

その点、颯季は、沙保里の中で異性ながら全く問題がない相手に分類されているのだ。

沙保里が腰を上げると同時に、颯季も立ち上がる。外に出やすいよう通路に避けて、引いていた椅子《いす》を戻す。伝票を手に取った沙保里に声をかけようとした時、一足先に横合いから声がかかった。

「オーナー、ここは俺が……」

葛原の声に、沙保里が機嫌よく微笑む。

「あら、合格。だけど今日はいいわ。もちろん颯季も。葛原君は、頑張った成果で店に返してちょうだい」

「ごちそうさまです」

その言葉に、颯季は素直に頭を下げてごちそうになる旨《むね》を告げる。沙保里は、コーヒー一杯で無駄な駆け引きをするようなタイプではない。それに倣《なら》うように葛原も「はい。ごちそうさまです」と頭を下げた。

ひらりとフレアスカートの裾を揺らし、沙保里が店を後にする。ほっそりとしたシルエットと、柔らかいけれどぴんと伸びた背筋は、何年経っても変わることがなく綺麗だった。

「さて、じゃあ改めて。名前はさっき言ったから、後は……そうだな。身分証代わりに、ここで働いてますってことで」

再び向かい合うように座ると、財布からショップカードを取り出しテーブルの上に滑らせる。それを手に取った葛原がかすかに眉を顰めた。恐らく、なんの店かわからないのだろう。

「アパレルブランド……あー、服屋ね。メンズも置いてるから、興味があったらぜひどうぞ」

「はあ」

颯季の説明に、葛原が素っ気ない声を返す。興味がないのは一目瞭然《いちもくりょうぜん》だが、商売柄、見込みのない相手にも薦めるのが癖になっているのだ。

「それで、葛原さんは……」

「一年くらい前から、オーナーの店で働かせてもらってます」

ぴしりとした折り目正しい答えに、そっかと頷く。沙保里がわざわざ颯季に頼んできたこともあり、長く働いている人間かと思ったのだが、そうでもなかったらしい。

「そういえば幾つ？　そう変わらなそうだけど」

「二十五歳です」

「じゃあ三つ下か。俺は二十八。えーっと、じゃあとりあえずそろそろ敬語はやめていいかな。堅苦しいの苦手でね。そっちも、普通に話していいよ」

「いえ。浅水さんは年上ですし、先生ですから」

「ぶっ……！」

ぬるくなったコーヒーを口に運んでいたところで、葛原の言葉に思わず吹き出しそうになる。

「せ、せんせいって……そんなご大層なもんじゃなし」

素なのか、嫌みなのか。噎《む》せながら半信半疑で見れば、至極真面目な表情の葛原と視線が合った。こちらを馬鹿にしているような気配はないが、会った時からずっと向けられている睨むような視線が気になっているのだ。どちらか判断しかねていると、視線の鋭さはそのままで葛原が口を開いた。

「いえ、教えていただく立場ですから。よろしくお願いします」

テーブルに額がつきそうな角度で座ったままお辞儀をされ、これは本物だと啞然《あぜん》とする。

（か、堅すぎる）

今時どこの堅物だと思いつつ、どうしたものかと思案する。これを本気でやっているのなら、かなり融通が利かないタイプかもしれない。そうなると、その場で判断して臨機応変に対応することができず、難航する恐れがあった。

とりあえず試してみるかと、こほんと軽く咳払《せきばら》いをする。

「じゃあ、ひとまずインタビューを想定して幾つか質問するから、答えてみて」

「はい」

頷いた葛原の顔を見ながら、質問を頭の中で考える。慣れてくると、不機嫌そうだと思った雰囲気も、単に目元の鋭さが威圧感を与えているだけなのかもしれないと思えてきた。

「店で出してるデザートの中で、お薦めは？」

「全てです。人に薦められないものは出していません」

「えーっと、じゃあ、美味《おい》しいケーキを作るために、気をつけてることは？」

「味を均一にすること」

「……休みの日は、なにをしてますか？」

「プライベートと店のケーキが関係あるとは思えませんが」

「……——パティシエになったきっかけは？」

「手に職をつけたかったので」

「……あー、うん」

わかった、と額に手を当てて、もう片方の掌《てのひら》を葛原に向ける。確かに、間違ったことは言っていない。本人がきちんと答えているのもわかった。ただ、この木で鼻をくくったようなやりとりでは、店の宣伝どころか葛原のインタビュー自体載らない可能性がある。

（まあ、載らないなら、それはそれでいいのかもしれないけど）

インタビュアーの性格次第では、馬鹿にされたと思って不興を買いかねない。沙保里の懸念を察し、どうしようかなと逡巡《しゅんじゅん》する。

「どこが悪いか、教えていただけますか」

愛想一つない無骨な声に視線を上げる。表情も声も変わっていないのだが、気のせいか、なんとなく困っているようにも見えてきた。自覚はあると言っていた。やってみなければわからないが、本人にどうにかする気があるならどうにでもなるだろうと溜息をつく。

道のりは険しそうだが、頼まれた手前、できるだけのことはやらなければ。

「まずは……そうだなあ、どこから手をつけるか」

じっと葛原を見つめ、ふと首を傾げる。ぼさぼさの髪と黒縁眼鏡、そして視線の鋭さばかりが目についていたが、あることを思いついて声をかけた。

「葛原さん……あー、葛原君でいいかな。俺のことも、名字《みょうじ》と名前どっちで呼んでもいいから」

頷いた葛原に、眼鏡、と続ける。

「ちょっと外してみて」

「……これですか？」

颯季を見ながら、訝《いぶか》しげに眼鏡を外す。その瞬間、うん、と頷いた颯季の唇には無意識のうちに楽しげな笑みが浮かんでいた。わくわくとした気分で、もういいよ、と再びかけるよう促す。

「よし。じゃあ今度、都合のいい時に遊びに行こうか」

「は？」

怪訝《けげん》そうな表情の葛原に、だって、と笑う。

「教えるって言ったって、教科書があるわけじゃなし。こう聞かれたらこう答えてって言っても、それ以外のことを聞かれたら困るだろう？」

「はあ……」

「なら、急がば回れ。根本的な部分から身につけていった方がいい。ってことで、まずは一番簡単なところから始めよう」

そしてなにかを企むように口端を上げた颯季に返されたのは、葛原のどこか胡散臭《うさんくさ》いものを見るような視線だった。

うんうん、と満足そうに頷く颯季に、葛原が目を眇《すが》める。

「よーし、こんなものかな。さすが俺、いいセンス」

店を出て少し歩いたところで立ち止まり、日の光の下で、目の前に立たせた葛原を上から下まで眺める。自身の目の狂いのなさを自画自賛しつつ、相変わらずにこりともしない葛原の頬に指を伸ばし軽く摘《つま》む。

「後はこの顔。全開で笑えとまでは言わないから、少し表情を柔らかくする努力な」

「……――」

颯季の突然の行動に驚いたように小さく身動《みじろ》ぎ、だがそのまま避けることなくまじまじとこちらを見つめている葛原に、手本を見せるようににっこりと笑ってやる。

沙保里に紹介されてから三日後、葛原と颯季の空き時間がちょうど合ったため、再び会う約束をした。

待ち合わせたのは、颯季の職場近く――代官山駅。時間通りに訪れた葛原は、予想通り、前回と全く同じ恰好《かっこう》をしていた。寝癖のついたぼさぼさの髪に野暮ったい黒縁眼鏡。柄のない黒い長袖Tシャツとジーンズ、古びたスニーカー。唯一違うのは、店内で椅子にかけてあった紺色のナイロンジャンパーを着込んでいるくらいだろう。しかも誰かのお下がりなのか、ジャンパーは丈《たけ》も袖も若干短く、デザインも一昔前の中年男性が着ていたような雰囲気のものだ。唯一、全体的にくたびれた感が漂っていても、不潔感はないのが救いだろう。

そして、そんな葛原を真っ先に連れていったのが、職場とは駅を挟んで反対側にある颯季の友人が働いている美容院だった。

目的は、美容師である友人にカットモデルとして葛原を引き合わせること。以前、誰か心当たりがいたら紹介して欲しいと頼まれていたのを思い出したのだ。

葛原を見た友人は、仕事柄だろう、眼鏡を外すまでもなくその顔立ちに気づき、嬉々《きき》としてカットを始めた。ただ、カットモデルとして連れてはきたものの、食べ物を扱う、しかも客商売のため、あまり奇抜な髪型にされても困る。相手は友人ということもあり、その辺りを考慮して欲しいという要望も快く聞き入れてもらい、やがて葛原の自分で適当に切っていたのではないかと思えるほどのぼさぼさ頭は、実に見事に整えられたのだ。

後ろと横は短めで耳にかからない程度、長めに残した部分にムースをつけてざっと手櫛《てぐし》で整えれば、ラフな恰好にもスーツなどにも合わせることができる。眼鏡を外せば、精悍《せいかん》な顔立ちが際立つようになり、とてもよく似合っていた。

そしてその後、本人に意思確認し了承を得て連れてきたのが、さらに駅から離れた場所にある古着屋だった。

颯季も時折利用しているそこは、古着といってもセンスも状態もいいものが揃っている。

仕事中は『n/sick』の服を着ることがほとんどのため、そこで服を買うことはあまりないが、小物など掘り出し物が見つかる時があるので、時々足を運んでいるのだ。

『これと、これと……ああ、こんなもんかな』

丈が長すぎないダークグレーのチェスターコートとオフホワイトのシャツ、ベーシックだが細身の黒いスラックス、そして革靴を選ぶと、ぽんぽんと葛原に渡していく。なにを考えているのかよくわからない無表情で素直にそれらを受け取った葛原は、颯季に言われるまま洋服を身につけた。

そして通常よりかなり手頃な価格で颯季が選んだ一揃えを買い、元々着ていた服を紙袋に入れた状態で店を出たのだ。

最終的に眼鏡を外させれば、そこには見違えるほど垢抜《あかぬ》けた葛原の姿があった。元々の長身に加え、立ち仕事ということもあるのだろう、颯季よりも肩幅の広いしっかりとした体軀だが、余分な肉がついていないすっきりとしたシルエットをしている。

また、目元が鋭いためきつい印象を与えてはいるものの、よく見れば彫りが深く、整った顔立ちをしているのだ。眼鏡を外すと、それがよくわかる。

「眼鏡って、ないと全然見えない？」

貸して、と言いながら眼鏡を受け取り、どうしようかと思案する。折角髪型を整えてこざっぱりしたものの、高校時代から使っているという眼鏡のフレームはレンズ部分がかなり大きく野暮ったいもので、はっきり言って葛原には似合っていない。

ただ、洋服はともかく常時身につけるものを無理矢理換えさせるのもどうかと思案していると、予想外の答えが返ってきた。

「いえ。仕事中以外はなくても支障はありません。度はほとんど入っていませんから」

「へ？　そうなんだ。あ、ほんとだ」

掌のそれを開き、目の前にかざしてみるが、レンズの向こうに見える景色はさほど歪《ゆが》むことなく綺麗に映っている。

「少し乱視があるので細かいものを見るのが不便なのと、後は……それをかけていた方が絡まれることが少なかったので」

「絡まれる？」

「学生時代、喧嘩に巻き込まれることが少なからずありましたから」

「あー……」

恐らく、葛原に睨まれていると思った相手に、喧嘩をふっかけられたのだろう。目つきの悪さはいかんともしがたいからな、と心の中で同情しつつ、持っていた眼鏡を葛原に返した。

「コンタクトにするか眼鏡が換えられればいいけど、かけてなくても不自由しないなら、とりあえず今は外しておいて。服に合わないし」

「……はあ」

なにがどう合わないのかがわからない。そう顔に書いている葛原を促し、駅の方へと足を向けた。歩きながら、すれ違う女性の視線が時折こちらを向くのを確かめ、いい感じだと口端を上げる。視線の先は、もちろん葛原だ。

「浅水さん。これがインタビューで聞かれることと、どう関係あるんですか」

歩きながら問われ、そうだなあとのんびり答える。

「同じ味の、同じ材料を使って作ったショートケーキが二つあるとするだろ」

「はい」

「見栄《みば》えなんか関係なく適当に生クリーム塗りたくってイチゴ乗っけただけのやつと、店に出すくらい綺麗にデコレーションしたやつ。他人が作ったものを金払って食べるとしたら、どっちを選ぶ？」

「デコレーションしたものですね」

「だよな」

「……――それで？」

「外見より中身っていうけどさ、最初の判断材料として見た目もそれなりに大事だよなって話。今日は、夕方から仕事って言ってたっけ」

颯季の話にぴんと来た様子もなく、けれど唐突に変えられた話題に葛原が頷く。

「はい。四時頃店に入る予定です」

腕時計を見ると、時計の針は三時少し前を指していた。

「一回家に戻る？」

「いえ。出たついでなので、そのまま向かいます」

「そうか。じゃあ、仕事前の休憩がてらお茶でもしようか……あ、そうだ。今日仕事行ったら、多分いつもと違う反応されるだろうから、次に会った時にどうだったか教えて」

「は？」

眉を顰めた葛原をそのままに、近くにあったカフェに入る。ケーキが美味しいと評判のその店で、折角だからと颯季がケーキセットを注文すると、少し考えるようにメニューを見ていた葛原も別のケーキを注文した。

「甘い物、お好きなんですか？」

「好きだよ」

葛原の質問に、にこりと笑って答える。そしてそれ以上の話は続けず口を閉ざし、だが、なにかを待つようにじっと葛原を見つめ続けた。当の葛原は、今のやりとりだけで会話は終わったと思っているのだろう。一方で、颯季の続きを促す雰囲気を察したのか、訝しげな気配が伝わってくる。

しん、と落ちた沈黙の中、それでも颯季はゆったりとした微笑みを浮かべたまま葛原を見つめる。

（うーん、これはやっぱり駄目かな）

待っているのは、葛原の『次の言葉』だ。颯季のことでもいい。自分のことでもいい。もう少し掘り下げて、なにかを聞く、もしくは話す。誰かに対する興味。そして自分のことを知って欲しい欲求。葛原に決定的に欠けているものはそこなのだろうと、颯季は思っている。

「あのさ……」

自発的には無理かと判断し、口を開く。と、タイミングよく注文したケーキが運ばれてきたため、再び唇を閉じた。店員が伝票を置いて去っていくと同時に、食べようかと声をかける。

「店の子がここのケーキが美味しいって言ってたから、そのうち来てみようと思ってたんだよな。近すぎてなかなか来る機会がなかったけど」

皿に盛られたモンブランを一欠片《ひとかけら》、フォークで口に運ぶ。くどすぎない控えめなマロンクリームの甘さが口の中で優しく広がり、自然と笑みが浮かんだ。店によっては甘さやバターがくどすぎて最後は飽きてくる場合があるのだが、これは幾らでも食べられそうだった。一緒に頼んだダージリンティで喉《のど》を潤すと、真剣な表情でケーキを口に運んでいる葛原を見遣《みや》る。

「うん、美味しい。そっちは？」

「美味しいです」

葛原が頼んだのは、種類の違うクリームを何層かに挟んだチョコレートケーキだった。オレンジピールが入っているらしいそれを、葛原はゆっくりと少しずつ味を確かめるように口に運んでいた。

「他の店のケーキとか食べ歩いたりするの？」

颯季の問いに視線を上げた葛原は、はい、と生真面目な様子で頷いた。

「たまにですが、気になったものは食べるようにしています。新しいメニューを作る時の参考にもなりますから」

「そっか。そういえば、沙保里さんの店に来たのって一年くらい前って言ってたっけ。その前もどっかのレストランで？」

「いえ、その前は『フルリエール』という店で働かせてもらっていました」

「え!? って、あそこ確か本店がフランスの、超有名店じゃなかったっけ。それがなんでまた、フレンチレストランに」

突然出てきた、颯季でも知っている高級洋菓子店の名前に、目を見張る。

沙保里がオーナーとして出資している店は、それなりに名の知れたものもあるが、全国レベルではない。特に、葛原が働いていると言っていた店は、確かまだ開店して二年くらいしか経っていないはずである。

「前の店を解雇されてから働き口を探していて、唯一、雇ってくださったのがオーナーの店だったからです」

「あー……、そうなんだ」

葛原自身はなんのわだかまりもなさそうに淡々と話しているが、解雇されてという一言でそれ以上の詮索をしないよう話題を変えることにする。どちらにせよ、楽しい話にはならないだろうし、沙保里が雇ったというのならそれなりの理由があったのだろう。基本的に、颯季は沙保里の人の見る目を信用している。

「ところでさ。実際のところ、葛原君はインタビューを受ける前にどこを直した方がいいか、どの程度自覚してる？」

「人と話していて、不愉快そうな顔をさせることがたまにあるので。自分になにかしら原因があるんだろうとは思っています」

ケーキを口に運びながらの颯季の問いに、よどみなく葛原が答える。

「原因は？」

「……それは、わかりません」

まあ、それがわかっていれば、自分でどうにかできているだろう。そう思いつつ、苦笑を浮かべて「じゃあさ」と続けた。

「たとえば、店でお客さんがモンブランとチョコレートケーキのどちらを注文するか迷っているとする」

フォークで、自分と葛原の前に置かれたケーキ皿を順番に指しながら告げる。真っ直《ま》ぐ《す》に皿に視線を落とした葛原を、首を傾げて見つめた。

「どっちがいいかと聞かれたら、君はなんて答える？」

「どちらでも、好きな方にしてください」

「うん。じゃあ、もし反対の立場になった場合、どう思う？」

「そもそも、そういった質問をしません。食べたい物を選びます」

「だろうね」

予想通りの回答に笑い、あのさ、と説明する。

「それを決めかねているから相談しているんであって、即決できたらそもそも聞いてない。だから聞かれた時点で自分なりの意見とかヒントを与えてあげないと、お客さんの相談を目の前で叩《たた》き落としただけで終わることになる。相談してるのに、知るか自分で考えろって言われて、気持ちのいい人はいないだろう？」

「……――」

「大切なのは、どうやったら気持ちよく帰ってもらえるか、じゃないかな」

颯季の言葉をどう受け止めているのか。相変わらず睨むような目つきでこちらを見ている葛原に、居心地の悪さを感じつつ身動ぎする。それでも、言いかけたことを止めるわけにもいかず、最後まで続けた。

「今の時期だと、栗がシーズンだよね。素材の美味しさが関係のあるものなら、それを伝える。もしくは、チョコレートケーキの方が料理に合うようであれば、それを教えてあげる。お客さんが欲しいのは、決定的な回答じゃなくて、それを導くためのヒント。言っている意味、わかる？」

「……なんとなくは」

「決めるのは、あくまでもお客さん。それは絶対。最終的に自分が決めたものじゃないと、満足はできないものだから」

「はい」

「ま、それを念頭に置いて、仕事に行ったらもうちょっと周りを見てみるといいと思うよ。答え方を見つける一番の方法は、人と話すことと、人に興味を持つこと」

「興味？」

「そう。たとえば、俺。君にとっての俺が『オーナーの知り合い』以外の認識になるようにするには、どうすればいいか。考えてみて」

残ったケーキを食べてしまい、紅茶を飲む。時計を見ると、葛原が店に向かうのにちょうどいい時間になっていた。

「さて、今日はここまでにしようか。で、次は休みの日にしよう」

にこやかに言った颯季に返されたのは、無愛想ながらもわずかに興味と困惑が交じり合った「わかりました」という声だった。

抜けるような青空の下、颯季は心地よい風に吹かれながら大きく深呼吸をした。

再び葛原と会ったのは、五日後のことだ。タイミングよくお互いの休みが合い、どこか行きたいところはないかと問うと、特にないという相変わらずの答えが返ってきた。

「あー、面白かった。飯も美味《うま》かったし」

な、と同意を求めるように隣を見ると、葛原が頷く。

昼前に待ち合わせ、少し早い昼食をとった後、二人で向かったのは映画館だった。なにを観るかは決めていなかったため、上映中のポスターを眺めた後、ネイチャードキュメンタリー映画を選んで入った。

颯季の好みは、洋画邦画問わずアクションものやサスペンス、ミステリものだ。今回、趣味とは全く違うものを選んだのは、ポスターを前にしていた時、葛原の視線がそこに向かっているのを見つけたからだった。

葛原に観たいものを聞いたが、颯季が好きなものでいいと言ったため、あえてそれを選んでみた。実際のところ、葛原がたまたまそのポスターを見ていただけという可能性の方が高かったのだが、上映中に横目で見てもつまらなそうにしている気配はなかったため少しは興味があったのだろうと思うことにする。

その後、足を延ばして、紅葉の名所にもなっている公園を訪れた。アスファルトで舗装された道を歩きながら、赤や黄色に染め上げられた木々を見上げる。気持ちのいい秋風を胸一杯に吸うと、かすかに銀杏《ぎんなん》の匂《にお》いがした。

「そういえば。この間、あれから店に行ってなにか言われた？」

振り返れば、後からついてきていた葛原が、思い出したように足を止める。かすかに眉を顰めたそれに、自分が思った通りになったのだとわかり、ほくそ笑みながら座ろうかと近くのベンチを指差した。

「店に入ろうとした時、ホールで働いている人に会って……不審な顔で、関係者以外は入ったら困ると言われました」

「……っく」

予想以上の効果に、口元を押さえ笑ってしまう。

今日も、葛原はこの間会った際に颯季が選んだ服を着ている。特に指定したわけではなかったが、颯季に教えられているという意識があるからだろう。

「あはは。髪切って眼鏡外しただけでも、だいぶ雰囲気変わったからな」

「自分ではよくわかりませんが」

「他には？」

「……何人かから、いいことでもあったのかと聞かれました。店長だけは、オーナーに頼んだ件だと気がついたようですが」

葛原の言葉に、よしよしと頷く。興味を持たれ、声をかけられるようであれば上出来だ。予想よりも周囲からは敬遠されていないことを知り、他人事《ひとごと》ながらほっとする。

あの恰好でこの無愛想さであれば、完全にスルーされることもありえるという不安が少なからずあったのだ。当初の目的を達成するには、周囲の人間と会話するのが一番の近道のため、反応がなければ困るところだった。

「それで、なんて答えた？」

「特になにも、と。最近知り合った人に薦められて、と答えました……あの」

「ん？」

葛原からの質問に、紅葉を見ながら答える。

「どうしてあの日、なにか聞かれるとわかったんでしょうか」

「そりゃあ、周りの人間に急な変化があったら興味を持つのが当たり前だろう？　それが悪いものじゃなくて、なおかつ嫌っている相手じゃなければ、聞いてみようとも思うさ」

「そんなものですか」

「そんなものですよ。ま、色々聞かれて答えに困るなら、笑って……は、難しいか。できるだけここを柔らかくするように意識して、秘密です、って答えてみな」

笑いながら、横から葛原の頬を指先で摘む。ぴくりとも表情を変えず、摘まれたままの葛原に、指を離して「それから」と続ける。

「質問を躱したけりゃ、自分から質問をすればいい。で、質問をするには、まず相手のことをちゃんと見る。話を聞く。ってね」

人差し指を立て、先生が生徒に言うような台詞《せりふ》で告げる。葛原に言ったそれは、前職で培った技術でもある。話が苦手な後輩などに、どうすればいいのかとよく聞かれていたことを思い出す。

「この間も言っていた、俺にとっての浅水さんが『オーナーの知り合い』以外の認識になるように、っていうのと同じですか」

「そうそう、それ」

そして苦笑しながら、隣に座った葛原を見る。

「っていうかさ、この人のことをもっと知りたいとか、思ったことない？」

「前の店にいた時、師匠だった人の技術はもっと知りたいと思いました」

「そんだけ？　えっと……誰か好きになったこととかは……」

「ありません」

あまりにもきっぱりとした答えに、隠しているのだろうかと一瞬悩む。

（いや、けど、詳しく聞いてるわけじゃないし。好きな人がいたかくらいは、隠すようなことでもないよな……）

これはまさか、本当のことなのだろうか。そう思うと、若干頭が痛くなってくる。

「なにか問題が?」

「あー……いや、別に。よし、じゃあ、練習あるのみ!」

「はい」

気を取り直して明るく言うと、葛原が生真面目に頷く。

颯季の方が慣れてきたのか、表情も目つきも変わっていないのに、最初の頃の睨んでいるような不穏な空気はいつの間にか感じなくなっていた。逆に素直なそれが、まるで子供のようで微笑ましくなってくる。

(なんか、可愛いな。あいつの小さい頃思い出す)

脳裏《のうり》に蘇ったのは、颯季の弟である裕太《ゆうた》の幼い頃の姿だった。颯季とはタイプが真逆の弟は、昔からなんでもそつなくこなす優等生だ。母子家庭の上に母親を早くに亡くしたため、半ば颯季が育てたようなもので、そのせいか、昔から颯季の言うことをよく聞いた。

気がつけば笑みが浮かんでいたらしく、葛原の視線に気づき慌てて顔を引き締める。目を眇めてこちらを見ているその様子に、馬鹿にしたと思われただろうかと、若干焦る。

「……浅水さんは」

フォローすべきかと迷っていると、ぼそりと葛原が口を開いた。一度そこで止まったものの先がありそうな雰囲気に、口を噤《つぐ》んで待つ。すると、しばらく迷うように押し黙った後、ようやく問いを続けた。

「……オーナーの店で働いていたことが？」

「へ、沙保里さん？」

思いがけない問いに、目を見開く。

（確かにまあ、俺もあの人と個人的に付き合いのあるタイプには見えないだろうなあ）

苦笑し、すぐに葛原が沙保里に好意を抱いているという可能性に気づく。

「沙保里さんのこと、気になる？」

にんまりと笑って葛原の顔を覗き込むと、いえ、と葛原が短く答える。

「俺は……」

「いや、っていうかごめん。詮索することじゃないよな」

葛原の言葉を遮り、聞き流していいからと手を振る。

「俺は、あの人の店で働いてたわけじゃないよ。沙保里さんが、前にいた店の店長と昔馴染《むかしな》染《じ》みでさ。店の経営とかで相談に乗ってたらしいんだよね。その関係でたまに店に来てて、一回ヘルプで入ったら妙に馬が合って。それから来ると指名してくれたし、辞めてからも友達として仲良くしてもらってる」

「指名？」

不思議そうにする葛原に、笑って自分の方を指差す。

「そ。俺の前の仕事、ホストだから」

「ああ……」

さらりと告げると、理解したというふうな声が返ってくる。それが、疑問が晴れたせいなのか、見た目通りだと得心されたのかはわからないが、ホストという単語に目立った反応はなく、ひそかにほっとした。

（これ言うと、馬鹿にするやつ多いからな）

一般的な堅気仕事ではないかもしれないが、人に恥じることはしていない。ただ、特に同性は、馬鹿にする——というよりは、下に見ると言った方がいいだろうか——その傾向が強いのだ。そのため、隠しはしていないが、できるだけ言う相手は選んでいた。

「人相手に喋るのが仕事だろ。だから今回、沙保里さんが俺に振ってきたってわけ」

わかりました、と頷いた葛原は、再び考えるように沈黙してから口を開いた。

「どうして、辞めて今の仕事に？」

「んー？　まあ、お客さんと喋るのは好きだったし、それなりに売れてはいたけど、ああいう仕事って若さが大事ってところもあるから」

それに本腰を入れてあの世界でやっていこうと思ったら、最終的には自分で店を持つくらいでなければならない。そういう意味では、颯季自身の目標は、あそこで生きていこうというものではなかった。

あの仕事は自分に向いていたと思うし、やっていたことに後ろめたさも後悔もない。それと同じくらい、未練もないというだけの話だ。

「このくらいまではやろうって自分的に目標と期限は決めてて、ちょうどその頃、今の社長が会社立ち上げるからうちに来いって誘ってくれたんだ。元々、人に似合うものを選ぶのも好きだったから、今の仕事も楽しいし。誘ってもらえて感謝してるんだ」

「……――」

押し黙った葛原を横目で見ると、前を向いて少し先の地面をじっと見ている。なぜかはわからないが、先ほどよりもほんの少し目元が険しくなっている気がするのは、気のせいだろうか。

「この間も聞いたけど、葛原君はどうしてパティシエに？」

少しは違う答えが返ってくるようになっただろうか。そう思っての問いに、葛原が考え込むような仕草をみせる。急《せ》かさないよう黙ったまま空を見上げ、視界に入る紅葉の色を楽しんでいると、しばらくしてようやく声が返ってきた。

「実家が店をやっていて、けど、俺は客商売には向いていないので。中学生になった頃くらいから、姉に手に職をつけておけと言われました。昔から手先は器用だったので、物を作る仕事が向いているだろうと」

「お姉さんがいるのか。うちは弟だから、昔は上の兄姉に憧れたたな」

「姉は、家を継いでくれたので。感謝しています」

姉弟仲は良好なのだろう。そう告げた葛原の表情が、ほんの少し柔らかくなったように見えた。颯季の思い込みかもしれないが、淡々とした声に苦いものは感じられないため、そう思っておくことにする。

「で、手に職の中で、お菓子作りを選んだのはなんで？」

もう一歩突っ込んで聞いてみると、少しの間の後、なにかに気がついたかのように葛原がこちらを見る。その反応に微笑み、先を促す。

「……昔、母方の祖父母の家によく預けられていたんですが、行くと必ず、祖母が食事の準備をするのを手伝っていました。そのせいか、漠然と手に職を、と考えた時に真っ先に思いついたのが料理でした」

だとすると、むしろシェフになりそうだが。内心でそう思っていると、目を細めた葛原が、遠くを見つめるような瞳で続けた。

「祖父母はとても仲がよくて、誕生日や結婚記念日には必ずケーキを買ってきてお祝いをするんです。実家では、忙しいせいもあって、そういうことは全くしなかったので……高校を出て専門学校に通う時、なんとなくそれを思い出して製菓コースに進みました」

「へえ。素敵なおじいちゃんとおばあちゃんだな」

はい、と素直に頷く葛原が可愛く見えてきて、ついつい笑みが深くなってしまう。弟にしていた癖で頭を撫でたくなる衝動を、どうにか堪《こら》えた。

「葛原君にとって、ケーキは幸せな思い出の一つなんだな。それを仕事にして、自分が作った幸せを人に食べてもらうっていうのは、やりがいがあるなあ」

「……――」

しみじみと感じたままを言うと、葛原が、今度はわかりやすく驚いた顔でこちらを見ていた。なにか変なことを言っただろうかと首を傾げると、はっと我に返った様子で目を逸らした。

「あの。どうしてパティシエになったか、は……」

やや早口になったそれを気に留めることなく、颯季はにこりと笑って頷く。

「うん。今ので合格だと思うよ。特にパティシエとして受ける仕事のインタビューなら、聞きたいのはそこだよね。逆に、どうして『パティシエ』を選んだのか、その答えさえあれば理由の内容は何でもいいんだよ。お菓子が好きだから、でも。なんとなくわかった?」

「なんとなくですが……」

心許《こころもと》ない返事に、だが、それでもまずは一歩前進だと言ってやる。この調子だったら、沙保里が出した合格ラインまで辿《たど》り着くのはそう遠くないはずだ。恐らく今まで、葛原の人を寄せつけない雰囲気から、答えた後にこんなふうに突っ込める人間が少なかったのだろう。

「あの、もう一つ聞いていいですか」

再び沈黙していた葛原が、改まって聞いてくる。

「一つと言わず幾らでも」

そう返すと、今日の映画ですが、と全く別の方向へと話が飛んだ。

「浅水さんも、ああいうのがお好きなんですか」

「ん？　ああ、あれ綺麗だったよなー。一人だったら、アクションものとかミステリものとかが多いけど、ああいうのもいいなって思ったよ。俺、水族館行ったことなくてさ。全然違うとは思うけど、行ったらこういう感じなのかなって。面白かった」

海に住む様々な生物の様子や、深海の映像など、普段は見ないものだけにとにかく新鮮だった。圧倒されるほどの、一面の青。この世に存在する場所なのだとわかっていても、見ている間、どこか別の世界に迷い込んだような気分になった。選んでよかった、と笑いながら言うと「どうして」と、かすかな困惑を感じさせる声が耳に届いた。

「今日、あれを選んだんですか？」

「ん、好みじゃなかったか？」

「いえ。……──面白かったですし、好きですが」

「そっか、ならよかった。今ちょうど、大作も特になかったし、映画館でポスター見てただろう？　好きかどうかはともかく、興味はあるのかと思って」

「……──」

押し黙った葛原を見ると、そこには、これまで見せたことのない表情があった。思わず目を見開き……そこから、視線が離せなくなる。

泣き出しそうだ。そう思ったそれは、颯季の勘違いなのかもしれない。

実際には、そこまで大きく葛原が表情を変えているわけではない。ぱっと見には、いつもの無表情のようにも見える。けれど確かに葛原は、微妙に歪んだ――不快さを感じているのか困惑しているのかわからない顔をしていたのだ。

だが、すっと目を逸らした一瞬でその表情は消え、代わりに「ありがとうございます」という答えが返ってくる。

「え、あ……ん？　おお、あ、うん？」

その声に我に返り、まじまじと見つめてしまっていた気まずさからぱっと目を逸らした。だがなにに対して礼を言われたのかわからないため、疑問系になりながら首を縦に振る。

「浅水さんは、すごいですね」

突然さらりと言われたそれに、え、と目を見張り再び葛原を見る。

「色々な仕事ができて。俺は、ケーキを作ることしかできないので」

「……い、いやいやいや！　どっちかっていうと、そっちの方がすごいと思うよ⁉」

一瞬なにを言われたのかわからずぽかんとしていたが、どうやら褒められたらしいと気づき慌てて手を振る。声がうわずってしまい、こほん、と落ち着くために咳払いをした。

「俺は、たまたま酒に強くて人と話すのが好きだったから前の仕事やってただけだし、今の仕事も似たようなもんだから、別になにも……」

「いえ、俺にはできないことですから。それはすごい才能だと思います」

「あー、いや……まあ、人それぞれ得意なことは違うってことで。俺、料理はてんで駄目で弟に任せっきりだから、作れるだけですげーって思うし」

自分がやっていたことをこんなふうに直球で賞賛されたことはなく、どぎまぎしながら笑う。じっとこちらを見ていた葛原が身動ぎ、身体の向きを変えるのを、視線で追った。

「これからも、会っていただけますか」

律儀に身体ごとこちらを向き、真っ直ぐ颯季を見据えてくる。沙保里に頼まれた以上、困らないくらいになるまではきちんと面倒は見るつもりだ。途中で放り出されそうだと思ったのだろうか。内心で首を傾げ、話の流れが見えないまま頷いた。

「そりゃ、もちろん」

その答えの直後、ふわりと舞い落ちてきた紅葉に気を取られ視線を移した颯季は、どこかほっとしたように肩の力を抜いた葛原の姿に気がつかなかった。

「大体さ、彼氏に君は太ってるから白より黒の方が細く見えていいとか言われたって嬉《うれ》しく

ないだろう？　そんなこと言われて喜ぶ女の子がいると思うか？」

呆《あき》れたような声に、颯季の話を聞いていた葛原は、そんなものなのかと眉を顰める。

いまいちぴんと来ていないのがわかったのか、歩きながら話していた颯季が普通はそうなんだよと眉をつり上げた。

「白の方が太って見えるんですか？」

颯季が咎《とが》めていた内容よりそちらの方が気になり問えば、そうだよ、と唇を尖らせながらも律儀に疑問に答えてくれる。

「白とか暖色系とか、その辺の明るい色は膨張色だから、目の錯覚でなんとなく膨らんだように見えるんだよ。後、横縞《よこじま》の服とかな。服のラインとか種類にもよるし、肌《はだ》の色の兼ね合いもあって似合う色は人それぞれだから一概には言えないけど、細く見せたいポイントには黒とか寒色系の収縮色を入れるといい」

そこまで神経質になるものでもないから、後は好みの問題だけど。そう言いつつ、本題を思い出したらしい。きっとこちらを睨み上げてきた。

「そういう時は『こっちの色とデザインも可愛いから似合うと思う』とか、どうしても細く見えるって言いたいなら『黒を入れると、メリハリがあって引き締まった印象になりそう』とか、今以上によくなるって部分だけを挙げるんだよ。マイナスの言葉なんか論外だ」

どうしてこんな話になっているかといえば、先ほどまで昼食をとるために食事をしていたレストランで、近くに座っていたカップルの会話が耳に入ってきたからだった。女性が、雑誌に載っている二種類の服のどちらを買うかで迷っていたらしい。一緒にいた男性に意見を求めたところ、片方の服は余計太く見えそうと言って怒らせていたのだ。

『あーあ、馬鹿だね。あんな言い方したら、体型気にするだろうに』

そう呟いた颯季に、そうなんですか、と聞いたのが始まりだった。その後、そのカップルが席を立ったのをきっかけに、職業柄、火がついたのか、女性への洋服の薦め方を教え込まれることになったのだ。

正直、必要になるとは思えなかったが、颯季が真剣なのと、人の外見を注意して見るにはいい機会だしインタビュー時にも損はしないだろうからと言われ、そんなものかと大人しく教えられるがままになっていた。

店を出てからも、道行く女性をターゲットにして、この色とこの色どっちが似合うかなど幾つかの例題を出され答えては注意されるということを繰り返している。

葛原がパティシエとして働くフレンチレストラン『シエルブルー』のオーナーである沙保里に颯季を紹介されてから、一ヶ月が経った。その間に会った回数は、そろそろ両手が埋まるくらいになっている。

最初に颯季を見た時の第一印象は『綺麗な人』だということだった。

男相手におかしな話だが、颯季が店に入ってきた時、店の空気が一気に華やいだ気がしたのだ。それは、ばらばらだった材料が全て混ぜ合わされてケーキの形になり、綺麗にデコレーションされて目の前に並んだ時の空気にとてもよく似ていた。

　華やかなフルーツタルト。もしくは、ベリーを飾ったシックなショコラケーキ。甘いカスタードクリームにほろ苦いカラメルを混ぜたミルフィーユ。ぱっと思い浮かんだのは、そんなケーキの数々だった。

　なにかを集中して見ていると、他人からは睨まれているように思われるということは、これまでの人生の間で学んでいる。そのため、人と目が合った時はなるべくすぐに逸らすようにしているのだが、そんなことも忘れてつい見入ってしまった。気がついた時には目が合っており、正直しまったと思った。これからオーナーに紹介してもらう相手なのに、また相手の気分を害してしまうと思ったからだ。

　だが、颯季は自分を見ても怯んだり不快な表情をみせることなく、にこりと笑い返してきた。そんな相手は身内以外ほぼ初めてで、それからも、何度もやめようと思いつつもついじっと見つめてしまっていた。

「ああ、でも。自分がいいと思ったものを相手が選ばなくても、本人の意見を尊重してちゃんと肯定すること」

　訥々《とつとつ》と喋っていた颯季が、最後に締めくくるようにそう告げる。

「自分がいいと思っていなくてもですか？」

「君の物なら尊重しなくてもいいけど、相手の物なら、決定権は相手にある。ケーキだって、自分が作った自信作と、その時人が食べたい物は違うだろう？」

「ああ、はい。それは……」

「自分の価値観は、あくまで自分にとっての正しいものだから。人が決めたものを否定する権利は、誰にもないよ」

別に嘘をついて心にもないことを言う必要はないけど、わざわざ人の決断を否定する言葉で相手を嫌な気分にさせることはないだろう。そう言われ、確かにそれはそうかと頷く。

「たとえ、自分がもっといいと思うものがあっても、最終的に本人が満足すればそれでいいんだから。他人にできるのは、それを選ぶ段階で相談に乗ることだけ。それ以上の口出しは誰のためでもない、ただの自己満足」

「はい」

素直に頷くと、隣を歩いていた颯季がちらりとこちらを見て小さく笑う。

「なにか……？」

そう問えば、いや、と笑いを堪えるような声が耳に届いた。

「なんとなく、弟の小さい頃を思い出しただけ。昔さ、あいつシュークリームが食べられなかったんだよ。ちっちゃい頃に食べた時のが、あんまり口に合わなかったらしくて」

突如始まった昔話に、話の行き先がわからず、はあ、と生返事をする。

「全く食べようとしなかったのに、小学生の頃、母親と三人で買い物に行った時にケーキ屋で俺がシュークリームを選んでるの見て、自分もそれにするって言い出したんだ。多分、その時のやつは苺《いちご》が挟んであったから美味しそうに見えたんだろうな」

だが、シュークリームが好きではないことを知っている母親と颯季は当然やめておけと言った。食べられなくて残すのは、目に見えているからだ。なのに弟は、これにすると言ってきかなかった。

「結局、母親がちゃんと食べることを約束させてシュークリームを買って帰ったんだけど、それがさ、一口食べたら美味しかったらしくて。あっという間に食べちゃって、それ以降――少なくとも小学生の間は、あいつの大好物がシュークリームになったって話」

「同じ種類でも、店によって味は違うでしょうからね」

「そうそう。あの時、弟に買ってやってなかったら、あいつ今でも食べられなかったかもしれないなって。だからかな。人が選ぶものには、なにかしらの縁があると俺は思ってる」

「縁、ですか」

「そんなたいしたものじゃなくても、自分が満足できて幸せになれたら、それを選んだ意味はあるだろう？」

そんな颯季の言葉を聞きながら、ふと、思いついたことを口に出す。

「その時、浅水さんが自分用に選んだケーキって、弟さんが元々好きなものだったんじゃないですか？」

「え？」

驚いたように足を止めこちらを見上げてきた颯季に、違っていたかと思う。だが、目を見開いていた顔をぱっと伏せた颯季が、いや、その、と言葉を濁し始めた。

「俺は、シュークリーム好きだったから。弟が食べられなかったら、それを食べればちょうどいいと思ったんだよ」

ぶっきらぼうに言われたそれに、やはりそうかと納得する。颯季の話を聞いていると言葉の端々から、いつも家族に対する愛情が窺《うかが》える。それに自分に対してもそうだが、颯季はとても人のことをよく見ている。以前の仕事はホストだったと言っていたが、恐らく、客として話していた人達はとても心地のいい時間を過ごしていたのだろうなと思った。

ずんずんと先を歩いていっていた颯季が、ふと歩調を緩めて再び隣に並ぶ。顔は上げないままで、前方の右側にある建物を指した。

「そこのマンションが俺の家。弟が、今日はすき焼きにするってさ」

「あ、はい。ありがとうございます」

颯季が指差した先には、四階建てのこぢんまりしたマンションがあった。弟と二人暮らしだというそのマンションは、建ってから随分経っているのだろう、どことなく古びた感じのある昔ながらの建物だった。

「四階だけど、エレベーターないから頑張って歩いて」

そう言いながら、マンションに入り階段を上る颯季の後をついていく。

そろそろ、自分以外の人間と話してみようか。前回会った際の別れ際に颯季がそう告げ、ひとまずうちに来いと誘われたのだ。

『手始めに、うちの弟で練習な。とにかく自分から話しかけてみること。で、折角だから、夕飯でも食べていけばいいよ』

そこまでしてもらっていいのだろうかと思ったものの、教えてもらう立場の自分が断る方が失礼かと思い、素直に甘えることにした。話に出てくる、料理上手《じょうず》で真面目な弟というのにもいささか興味があった。

(こんなふうに思ったのも、初めてかもしれない)

颯季と会うようになってから、回数を重ねるごとに颯季のことをもっと知りたいと思っている自分に気づく。最初の頃より色々と質問をするようになった葛原に、颯季の方も満足そうにしており、聞いたことには丁寧に答えてくれる。

「ただいまー」

「おかえり、兄さん。……いらっしゃいませ」

玄関を開け気軽に入っていった颯季の後ろから部屋に入ると、リビングに続いているらしい扉から、大学生くらいの青年が出てくる。颯季と真反対の、どちらかといえば地味な印象の青年は、眼鏡の奥の黒い瞳を細めて会釈をした。後半の、こちらに向けて告げられた言葉に、葛原は靴を脱ぐ前に頭を下げる。

「葛原と申します。お休みの日にお邪魔して申し訳ありません」

「……いえ。弟の裕太です。兄がお世話になっています」

家族のいる家を訪ねた時の礼儀として挨拶をすると、驚いたように目を見開いた青年が同じく丁寧に頭を下げてきた。

「玄関でなにやってんだよ、二人とも。ほら、葛原君も上がって」

「兄さんこそ、お客さん放って先に行かないでよ。ほら、俺はお茶入れるからリビングに案内して」

「はいはい。葛原君、こっち」

颯季に手招かれ、失礼します、と靴を脱いで部屋に上がる。

「あ、これ。もしよければ」

踵《きびす》を返そうとしていた裕太に、手土産《てみやげ》として持ってきた焼き菓子の袋を差し出す。店でテイクアウト用に作っているものを、昨日買ってきておいたのだ。もちろん、作っているのは自分だ。

「ありがとうございます。いただきます」

礼をした裕太が紙袋を受け取ると、隣に立った颯季が手元を覗き込む。

「もしかして、これって葛原君の？」

察したようなそれに、はい、と頷く。

「店で、テイクアウト用に作っているものです。昨日作った分なので、一週間くらいは保《も》ちます」

「おお、さんきゅーな。裕太、葛原君、パティシエなんだ。絶対美味いよ」

食べたことがないのに、妙に自信ありげに颯季が断言する。

「そうなんですね。楽しみです」

「さて、じゃあこっち。裕太、お茶頼むな」

わかった、と答えた裕太と颯季が廊下の先にある扉を開いて中に入る。後に続くと、そこはダイニングとリビングが一緒になっている部屋だった。ファミリータイプで、恐らく２ＬＤＫ程度だろう。

ダイニングテーブルの椅子を指され、座るように促される。言われるままに腰を下ろすと、斜向かいに椅子を移動させた颯季も座った。

「葛原さん、和菓子は大丈夫ですか？」

「はい」

お茶を運んできた裕太が、それぞれの前に湯呑《ゆの》みを置き、饅頭《まんじゅう》を盛った皿を中央に置く。

お茶菓子は、芋を混ぜた饅頭だった。素朴な形のそれに美味しそうだと思っていると、葛原の正面に座った裕太に颯季が声をかける。

「これ、昨日作ってたやつ？」

「そう。兄さんがこれがいいって言ったんだろ。すみません、買った物ではないので、お口に合うかはわかりませんが」

眼鏡の位置を直しながらの言葉に、いただきますと声をかけて饅頭を手に取る。一口食べると、生地もしっとりと柔らかく芋の甘さが口の中にふわりと広がった。予想以上の美味しさに、さほど大きくないそれを一気に食べてしまう。

「美味しいです。芋の甘みがよく出てる」

「だろ！　こいつの饅頭、美味いんだよ。俺と違って料理上手でさ」

にこにこと嬉しそうに弟自慢をしながら、颯季も饅頭に手を伸ばす。当の本人は、やめてよと嫌そうな顔をしつつ同じように饅頭を手に取った。

「葛原さんは、パティシエなんですよね。和菓子とかも作るんですか？」

「店で作ることはないですが、家ではたまに。ケーキを作る時に、和菓子のレシピを応用して作ってみたりすることもあるので」

「へえ」

感心したように頷く裕太に、颯季が興味をひかれたのか身を乗り出してくる。

「なにそれ、そんなこともできんの？　いつか作ったの食べさせてよ」

「ええ、それは構いませんが……」

「兄さん、図々《ずうずう》しいよ」

呆れたと溜息をつきながら、裕太が湯呑みを手に取りお茶を飲む。と、テーブルの上に置いた颯季のスマートフォンが震え始め、あ、と颯季が声を上げた。

「店からだ。悪い、ちょっと二人で話してて」

慌ててスマートフォンを手に取り、立ち上がる。小走りにリビングを出ていった颯季を見送っていると、廊下へ続く扉が閉じた後、遠くで玄関を開いて外に出ていく音がした。

「すみません、落ち着きがなくて」

苦笑しながら軽く頭を下げた裕太に、いえ、と首を横に振る。どちらかというと、今日の目的は颯季と話すことよりも、目の前の青年と話すことだった。

話をするためには、相手に興味を持つこと。以前颯季に言われた言葉を思い出しながら、なにを聞けばいいかと思案する。

「大学生だと聞きましたが……」

「敬語はいりませんよ。年下ですし。普通に話してください」

「ああ、じゃあ……」

「大学四年です。T大学の法学部に通ってます」

話し方も、年齢以上の落ち着きをみせる裕太は、明るく華やかな颯季と全く印象が違う。

二人とも声のトーンが柔らかいのは同じだが、暖かな日向《ひなた》のようなイメージの颯季に比べ、裕太は凪《な》いだ海のような静けさがあった。そんなことを考えていると、葛原さんは、と裕太がこちらを見る。

「田之上さんのお店で働いていると聞きましたが」

「オーナーを？」

「兄の昔からの知り合いなので。時々お世話になっていますし」

現在、大学に行く傍ら弁護士事務所でバイトをしており、その事務所を紹介してくれたのが沙保里なのだという。

（本当に顔が広い人だ）

そんなことを考えていると、裕太の瞳にちらりと探るような色が浮かぶ。

「兄とは、田之上さん経由で？」

「ああ。先生として紹介していただいた。俺は、話し方があまり上手くないから、仕事に支障が出てしまって」

「せ、先生？　兄がですか？」

どうやら、知り合った経緯などは聞いていないらしい。一通り説明すると、そうですか、と裕太の頬がわずかに綻《ほころ》んだ。

「喋るのは、確かに得意ですからね。えーっと……兄の前の仕事のこととかは」

「聞いている。ホストをやってらっしゃったと」

「ああ、話してるんですね」

ほっとしたように頷いた裕太が、苦笑して続ける。

「実は、兄が家に知り合いを連れてくることってほとんどなくて。田之上さんと、今の会社の社長さん――名取さんくらいだったんです。なので、今日お友達がいらっしゃるって聞いてびっくりしたので」

「友達……」

「って、兄は言っていましたよ。まあ、友達になる垣根はわりと低い人ですけど」

なにかを含むような言い方に見つめると、すみません、と裕太が苦笑した。

「ホストやってる頃に、色々あって。あれで一応、売れっ子だったみたいで、同業者とかの『友達』が多かったそうです。俺はそういう人達に一度も会ったことないですが、人気商売ですから、その『友達』から嫉妬とかやっかみを受けたトラブルもあったそうです」

その時に、裕太が現在バイトに行っている弁護士事務所の所長である弁護士に、色々と世話になったらしい。他にも、客である女性に付きまとわれ事件になりかけたことも、幾度かあったそうだ。

その辺りの経緯は、颯季本人が裕太に話したのではないらしい。裕太が事務所にバイトに行き始めた頃、颯季が礼を言いたいからと事務所を訪れ、その時ちょうど顔を出していた沙保里から聞いたのだという。

これからも同じようなことがないとは言い切れない。裕太ももう成人しているし、この子にも知って心配する権利はある。そう言って、颯季本人の目の前で話し始めたそうだ。

実に沙保里らしい行動だと、心の中で納得する。

「葛原さんのこと、楽しそうに話してたので。よかったら、これからも仲良くしてやってください」

「いえ、お世話になっているのはこちらだから。そういえば、ここには二人で？」

ふと家の中を見渡しながら呟く。男の二人暮らしでちょうどいいくらいの広さのため、両親とは別々に暮らしているのだろう。そう思って問えば、ええ、と裕太が目を細めて笑う。

「うち母子家庭で、母親も随分前に亡くなっているので。それからずっとここに二人で暮らしてます」

「……──」

思いがけない事実に瞠目《どうもく》していると「聞いてなかったですか？」と裕太が首を傾げる。

「弟と一緒に暮らしている、としか」

「母が亡くなった時、兄はぎりぎり成人していたので。中学に上がる直前だった俺を、それから一人で育ててくれたんです。大学も中退して……生活と俺の学費のために、ホストクラブで働き始めて」

苦笑しながらのそれに、そうだったのかと言葉を失う。色々なことができてすごい人だとのんきに考えていたが、そうせざるをえない事情があったのだ。

（なのに、いつも飄々《ひょうひょう》として笑っている。強い人だ）

改めてそう思い、すごいな、と呟く。

「本人は、勉強が性《しょう》に合わなかったし、飲むのが好きだったからホストを選んだだけだって笑ってるんですけど。見た目が派手なせいかホストやってたって言ったら、やっぱり口さがないこと言う人も多くて」

「そうなのか？」

「俺が、中学とか高校の頃は。見当違いな正義感を振りかざしてくる人も中にはいたので。保護者がそれでは、俺に悪い影響を与えるって。大変なのはわかるけど、って、そう言いながら説教だけして実際に助けてくれることはないって人がたくさんいました」

ふっと、その時のことを思い出したのか口端に苦い笑みを浮かべる。目元に宿った鋭い光が、その当時の裕太の悔しさを表しているようだった。

「仕事がなんであれ、君がこうして元気に育っているならそれでいい話だな」

その言葉に、裕太が少し面映《おもは》ゆそうな表情で笑う。けれどすぐに、なにかを思い出したのかどこかが痛むように口端を歪めた。

「笑いながら『にーちゃんのせいでごめんな』って言う兄を見てたら、意地でもぐれてやるものかって思いましたよ」

「……──」

その時の颯季の様子が目に浮かぶようで、思わず膝の上で拳《こぶし》を握りしめる。と、押し黙った葛原に、裕太が慌てて「すみません」と焦ったように頭を下げた。

「初めて来てもらったのに、変な話して。忘れてください」

「いいや、浅水さんらしいと思って。いいお兄さんだな」

思ったままを言えば、驚いたように目を見開いた裕太が「はい」と笑う。

「兄が頑張って働いてくれたおかげで、俺もこうして大学に行かせてもらってますし」

ふと、颯季が前の仕事に対して『このくらいまではやろうって自分的に目標と期限は決めていた』と言っていたことを思い出す。こうして聞くと、あれは弟が大学に入るまでという意味だったのかもしれない。弟を大学に通わせられるだけの準備ができたからこそ、颯季は今の仕事を選んだのだろう。

「君が好きな道に進んでくれれば、浅水さんはそれが一番嬉しいだろう。とても大切にしているのは、話を聞いただけでわかったから」

「かなり兄馬鹿が入っているので、その辺は適当に聞き流しておいてください」

最初よりも打ち解けた雰囲気になってきたところで、玄関が開く音がする。見ると、ばたばたと廊下の方から足音がして扉が開いた。ったく、と面倒そうな表情で颯季が再び椅子に腰を下ろす。

「はー、やれやれ。また面倒なこと言い出した」

「名取さん？」

溜息交じりのそれに、慣れた様子で裕太がお茶を飲みながら聞く。

「そ。次のイベントに出す服合わせてみるのに、俺じゃイメージじゃないから誰か探してこいって言わ、れ……」

途切れがちになった声が完全に消えると同時に、颯季がまじまじと葛原の顔を見つめてくる。兄さん、と咎めるような口調になった裕太の声をそのままに、颯季の顔にじわじわと笑顔が広がった。

「いた！」

「……は？」

湯呑みを手にしかけていた葛原の手を取り、颯季が興奮したような声を出す。これまでになく瞳が輝いているような気がするのは、気のせいだろうか。

「いたいたいた、いたじゃん！　ばっちりのが！」

「兄さん、葛原さんついていけてないよ。ていうか、喜ぶのは本人の意思を確認してからにしなよね」

ぽん、と状況を察しているらしい裕太に肩を叩かれ、はっと我に返ったように颯季が目を

見開く。そうだったと笑いながら、葛原にずいと顔を近づけてくる。驚き、思わず上半身を少し反らすと、楽しげな瞳で正面から見つめてきた。

握られた掌から、颯季の体温が伝わってくる。

「モデル、やんない⁉」

「……――は？」

だが思いもかけない一言に、我知らずぽかんとした表情を浮かべた葛原の口から漏《も》れた声は、どこまでも間抜けなものだった。


ふんふんふん、と楽しげな鼻歌が試着室のカーテンの向こうから聞こえてくる。

目の前のハンガーにかかった洋服を見ながら、なにが一体どうなっているのかと葛原はかすかに眉を顰めた。

先日、颯季の家に行った際、モデルをやらないかと言われ、勢いに押されるまま頷いてしまった。ただ、一応正社員の身のためバイトをしていいかがわからないと言うと、颯季はオーナーである沙保里に直接メールを送り聞き始めたのだ。その後、全く問題ないという答えが返ってきたらしく、とんとん拍子で話がまとまった。

『まあ、本当にモデルをやるかどうかは、社長――うちのデザイナーが決めることだから、まだわからないけど。とりあえず、うちの店に来てみてよ。葛原君に合いそうな服もあるから、ウィンドウショッピング気分で』

そんなやりとりを経て、翌週、仕事が休みの日に颯季が働く店『n/sick』を訪れたのだ。

「入っていい？」

カーテン越しに声をかけられ「どうぞ」と返すと、カーテンの隙間《すきま》から颯季が身体を滑り込ませてくる。すでに渡された服に着替えていた葛原を見て、おお、と颯季の顔に笑顔が広がった。

「やっぱり！　これ絶対似合うと思ったんだよな。サイズもよさそうだし……よし、上にこれ着て出てきて」

一通りサイズを確認して頷いた颯季から、はい、と腰までの高さのデザイン性の高いテーラードジャケットを渡される。颯季が出ていった後、全てを身につけて試着室を出ると、二階のメンズフロアに、先ほどまではいなかった男性が立っているのが視界に入った。客にしては店の風景に妙に馴染んでいる。恐らく、店の関係者だろう。

「あ、葛原君。こっちこっち」

男と一緒にいた颯季が、笑顔で手招いてくる。颯季よりも長身の男は、近くに行くと、自分とほぼ同じくらいだということがわかる。綿パンにジャケットを合わせたシンプルな服装だが、身体のラインにきちんと合ったそれは洗練された雰囲気を醸し出しており、颯季と同じ世界に立っていることが窺えた。

やがて颯季と男の前に辿り着くと、颯季が男を紹介してきた。

「この人、うちの社長兼デザイナーの名取。名取さん、こちらが葛原信吾君。どうよ。ぴったりだろ？」

自慢げな颯季にふっと笑みを浮かべ、男——名取がこちらを向く。ジャケットの内ポケットから名刺入れを取り出すと、流れるような仕草でこちらに名刺を差し出してくる。

「初めまして、名取です」

「葛原です。名刺はありませんが……」

自己紹介とともに受け取ると、名取が「ふむ」と考え込むようにしながら、葛原を上から下までじっくりと眺める。

「確かに、ぴったりだな。体格も雰囲気も、申し分ない。えーっと、葛原さんはどこまでこいつから話を？」

こいつ、という呼び方に親しげなものを感じ、胸の奥になにかがひっかかったような気がした。だがそれを表には出さないまま、淡々と答える。

「ちょうどいいモデルがいない、という話だけは」

「ああ、まあ大まかにはそうかな。今度、アパレルブランドの展示会があって、それに出展する洋服のイメージを少し変えたくなったんですよ。ただ、着てみてもらうにも、イメージに合う人がいなくてね。普段のメンズモデルはうちの浅水がやってるんですが、細すぎていまいちなんですよ」

「そういう時は、外部のモデルに頼んでるんだけど、今ちょうどよさそうな人がみんな仕事で埋まっててさ。うち、弱小だから後回しにされるんだよね」

「……颯季。お前、俺の前でよく言った」

「って、ちょっと名取さん！」

あはは、と笑い飛ばした颯季の頭を、名取が大きな掌で押さえ込む。髪をぐしゃぐしゃに掻《か》き回され、やめてくれ、と颯季が慌ててその手から逃れた。

「あー、全くもう、直さないと下行けないじゃん」

ぶつぶつと文句を零《こぼ》しながら手櫛で直す颯季に「ここは他の人に任せてていいから、葛原さんあっちに案内して」と名取が指示を出す。

「あの。モデルとかやったことありませんし、まともにできるとは思えないんですが」

颯季の頼みを断ることはできず来てみたものの、どのみち使えないと言われるだろうと思っていたのだ。話が進みそうな気配にきっぱり告げると、一方の名取は意に介した様子もなく、大丈夫だよと人好きしそうな笑顔でぽんと気軽く肩を叩いてくる。

「洋服着て、ちょっと写真撮らせてもらえればいいだけだから。別に無理して笑ったりポーズ取ったりしなくてもいいし、必要な時はこっちから言うよ。あー、でも。もしかしたら、カタログに使わせてもらうこともあるかもしれないけど、外に出したくないとかはあるかな」

「いえ、それは別にありませんが……」

「そっか、ありがとう。あ、バイト代はちゃんと出すからね」

言い残し、名取が階段を下りていく。本当にモデルをやることになってしまい、なるようになるかと諦め混じりに溜息をつくと、ふと、視界に颯季の顔が入ってきた。こちらを窺うように覗き込んできたそれが予想外に近く、驚きのあまり思わず後退《あとずさ》ってしまう。

「えーっと……大丈夫？　今更だけど、ごめん。俺、葛原君がうちの服着たとこ見てみたくて無理矢理連れてきちゃったけど、嫌だったら今のうちに言っていいよ。無理言ってるのこっちだから、名取さんとかのことも気にしなくていいし」

気乗りしていないのがわかったのだろう。躊躇《ためら》いがちに言われ、葛原はふっと表情を緩めた。颯季が見たいと言ってくれるのなら、自分にもやる意味はある。そんなことを考えながら、首を横に振った。

「俺でもできるのなら、別に嫌ではありません。得意というわけではないので、ご迷惑をおかけすることになるかもしれませんが」

そう告げると、ぱっと颯季の顔が明るくなる。

「それは大丈夫！　名取さんが無理なこと言ったら、断ってくれていいし。ありがとな」

にこにこと嬉しそうにしながら、じゃあ行こっかと促してくる。その表情に、先ほどまで感じていた胸のつかえが少し薄れたような気がして、目を細めた。

「着替えて、荷物取ってきます」

「服はそのままでいいよ。あ、着てきた服は貸して。貴重品は持っててな」

試着室に戻ると、バックだけ葛原に持たせ、洋服などは全て颯季が抱える。試着した服はそのまま着ていていいと言われ、着替える間もなくスタッフ以外の立ち入りが禁止されている三階へと案内された。

「ごめんね、散らかってて。ここ、今、在庫置き場でさ。もう少ししたら片付けて、売り場を広げる予定なんだけど」

店舗の三階部分——在庫置き場から、隣接する建物に行ける造りになっているらしい。荷物の間を抜け、一度外に出て渡り廊下のような通路を通ると、隣の建物に入っていく。

「お疲れさまでーす。モデルさんの到着でっす」

作業台の他、布や糸、小物、できあがった服のサンプルらしきものやファイルなどが所狭しと置かれている、人気のない三階部分を通り抜け、颯季と一緒に階段を下りていく。すると二階も作業場になっており、そこにいた数人が顔を上げる。今日は人が少ないのだと前もって聞かされていたが、それでも三人ほどの人がいた。

「お疲れさま。そちらが、さっちゃんイチ押しの子？」

「そうそう。どうよこれ。ナイス俺」

ぐいと背中を押されて颯季の前に出されると、大きな作業台で布を広げていた男性が近づいてくる。別の一角でパソコンに向かって作業していた男性と、床に膝《ひざ》をついてトルソーに着せた服を弄《いじ》っていた女性も作業の手を止めてやってきた。

「おお、いい感じ！　って、なんでさっちゃんがそんな自慢げなの。いいのはモデルさんとうちの服でしょうが」

笑いながらパソコン前にいた男性スタッフに突っ込まれ、見つけたのもコーディネートも俺だし、と颯季が胸を張る。

「ああ、でも確かに。さすがさっちゃんのコーディネート。これ、上着丈が長めだから、脚長くないと若干悲惨になる組み合わせよね」

トルソーの前にいた女性が前からと後ろから、じっくり眺めて頷く。それに楽しげに笑いながら、颯季が言葉を足す。

「いっぺんやってみたかったんだけどさあ、俺似合わなくって」

あの芥子色《からしいろ》のマフラーを合わせたらどうか、いやそれよりあれの方が。そんなやりとりを耳に入れながら、なにがどういいのかもよくわからない葛原は、ほぼ人形状態で立っているだけだ。

全くの門外漢のため、普段着ている洗いざらしの服より高級だという違いくらいしかわからない。ただ、全体的に身体にフィットするデザインの割には動きにくさがないため、随分といいものなのだろうなとぼんやり考えた。

（浅水さんが喜んでいるならいいか）

そんなことを考えながら、聞こえてきた足音に視線を向ける。と、下の階から上がってきた名取が、腕に幾つかの洋服を抱えて近づいてきた。

「おらおら、お前ら遊んでないで撮影準備。後、颯季、ちょい店に顔出してくれってさ」

「ん？　なにかあったかな。悪い、葛原君。ちょっと行ってくるから。後は名取さんから聞いてくれる？」

「はい」

じゃあよろしく、と颯季が笑って手を振り上の階に上がっていく。また三階から店舗の方に行くのだろう。その姿を視線だけで見送っていると、名取が腕にかけていた洋服を近くの作業台に置いた。

「早速で悪いけど……うん、ちょっとその服で一枚撮らせてもらっていいかな。これ、首にかけさせて」

言いながら、長めのマフラーを首に緩く巻かれる。そのまま再び三階に連れていかれ、部屋の一角――荷物が避けられた場所に置かれた衝立《ついたて》の前に立つようにと指示された。葛原の身長よりさらに高い場所から白い布が垂らされたそれは、撮影時の背景用なのだろう。

指定された方向を向くと、名取自身がカメラを構える。

「名取さんが撮られるんですか？」

不思議に思い問うと、シャッター音に混じって「そうだよ」とのんびりした声が耳に届いた。次は反対向いて、と言われ身体の向きを変える。

「今日のは、補正資料用とできれば展示会の見本用に使わせてもらう予定なんだけど。うちのブランド、立ち上げからそんなに年数経ってないから予算も少なくてね。カタログ写真なんかも、大体自力で撮ってるんだ。だからさっきも言ったけど、モデルもほぼ自前」

「うちのカタログとか通販サイトのサンプル写真とか、レディスもメンズも、八割がたスタッフがやってるんですよ」

先ほどトルソーの前にいた女性が、腕に洋服をかけて近づいてくる。部屋の片隅に置かれた簡易試着室を指差し、そこでこれに着替えてもらえますかと言われ頷く。

「浅水なんかは、肩書きが販売スタッフ兼モデルなんです。自給自足もいいとこで」

「折角使えるのがいるんだから、使うのが当然だろう」

くすくすと笑う女性スタッフに、名取も笑いながら続ける。後でカタログ渡しますね、と言われ、見てみたい欲求が湧き上がり頷いた。

渡された服に着替えると、女性スタッフが「少し調整します。針を刺しますから、動かないでください」と言いながら葛原の背後に回った。そのままじっとしていると、こちらを見ていた名取が話しかけてくる。

「葛原君、仕事は？」

「レストランで、パティシエをやっています」

「うん、やっぱり立ち仕事か。下半身にも、いい感じに筋肉がついてる。颯季からは友達って聞いてるけど？」

「うちのオーナーが、浅水さんと知り合いで。紹介していただきました」

「ああ、もしかして田之上さんか」

「はい」

「うちも、この店開く時に物件紹介してもらって世話になったんだよ。会う機会があったら、よろしく言っておいて」

頷くと、しばらく葛原を眺めていた名取が、下の階に向かって他のスタッフになにかを持ってくるように指示を出した。詳しい名前はわからなかったが、ジャケットやセーターという言葉だけは理解する。

束《つか》の間《ま》落ちた沈黙に、颯季と名取が二人で話している場面を見てからずっと気になっていたことを聞いてみようかと口を開いた。

「浅水さんに、名取さんから誘われてここに転職したと聞きました。昔からのお知り合いだったんですか？」

「そうそう。あいつ高校の時の後輩。っても、二つ下だから一緒だったのは一年だけど」

そんなに前からの知り合いだったのかと、かすかに驚く。

「まあ、ずっと付き合いがあったわけじゃないけど。俺も学校出てフランスに行ってた時期があるし。再会したのはいつだっけ……あいつが前の仕事してる時、飲みに行った店で偶然だったかな」

「店、ですか……」

ホストクラブに行ったのだろうか。行ったことがないから知らないが、男性客もいるのかと思っていると、ふと名取が顔を上げた。なぜかこっちをじっと見たかと思うと、ああ、と笑顔になる。

「もしかして、あいつの前の仕事がなにか、聞いてる？」

「ええ、まあ」

「あー、それでか。いや、あいつがいた店じゃないよ。その近く。普通にバーでね」

納得したような顔で頷かれ、よくわからないまま首を傾げる。とりあえず名取がホストクラブに行ったわけではないらしいことだけは理解した。

「はあ」

「そっから、ちょいちょい連絡取り合ってたんだけど、ちょうどあいつが前の仕事辞めるっていうタイミングで、俺がここ立ち上げることになってさ。暇なら手伝えって引き込んだんだ」

「そうですか」

「あいつ、基本真面目だしお人好しなんだが、見た目があぁだろう。軽く見られることが多くてな。本人が笑ってやり過ごすから、余計に始末が悪くなるんだ」

「社長、お兄さんモードになってますよ」

溜息交じりの言葉に、コートのウエスト部分を詰めていた女性スタッフが立ち上がって笑う。ちょっと両腕伸ばしてください、と背後から声をかけられその通りにする。

「いつまで経ってもあの調子だから、俺は心配してるんですよ。まあ……葛原君みたいなタイプだったら安心なんだけどな」

その言葉に、妙な含みがあった気がしてちらりと名取を見ると、こちらを見ていた名取と目が合う。一瞬、目元が鋭くなり、値踏みされているような感覚を覚えたが、次の瞬間には先ほどまでの笑顔がそこにあった。

「名取さんほど付き合いは長くないですが、浅水さんがいい人だというのはわかります。お世話になっていますから」

浅水が真面目でお人好しなことなど、自分も知っている。意識せぬままそんなことを内心で思い、気がつけばそう告げていた。先ほどから、ほんの少し、今までに感じたことのない苛立《いらだ》ちが胸の奥にくすぶっている。だが、初めて会った名取に対してどうしてそんな気持ちになるのかわからず、唇を引き結んだ。表情はぴくりとも動かなかったが、それでも、葛原の目を見て名取がふっと目を細める。

「そうか。ああ、梨花《りか》ちゃん、裾ちょっとだけ絞って」

「はい」

全身をチェックした後、追加で名取がそう指示し、葛原は再び口を閉じた。やがて全ての調整が終わった後、再び衝立の前に立つ。

数枚の写真を撮った後、また何度か服を着替え小物も付け替えていった。最初は多少肩に力が入っていたものの、枚数を重ねるうちに――また、名取が世間話を振ってくれることもあり、最後の方はあまりカメラを意識しなくなっていた。

「お、終わった？」

階段を上がってくる音がし、視線を移すと、仕事を終えたらしい颯季が姿をみせた。店の方で捕まっていたらしく、声をかけた女性スタッフになにかを言いながら階下を指す。女性スタッフは心得たように頷き、下へ降りていった。

「遅かったな。これで最後だ」

シャッターを切る音がし、名取がカメラから顔を離す。

「よし。いい写真が撮れた。葛原君、ありがとう。本当に助かったよ」

「いえ、使えるものが撮れたならそれで」

衝立の前から離れ、颯季のところへ向かう。すると、こちらを見ていた颯季が近づいてきた。にこりと笑いながら見上げてくる。

「残念、ほとんど見れなかったな」

「何枚か着替えただけですよ」

「着替えたとこが見たかったんだよ。はい、これ着てきた服。着替えたら下に来て」

「ありがとうございます」

自分の洋服を手渡され、礼を言う。試着室へと入ると同時に颯季が踵を返し、下の階に行こうとする名取を追いかけていく。

「あ、名取さん。写真、見せて見せて」

カーテンの向こうで颯季の声が遠ざかっていくのを聞きながら、撮影しているうちにどこかへ行っていた苛立ちが再び戻ってきていることに気づく。

（なんだ、これは……）

なにに対して苛立っているのか。自分でもよくわからないまま、内心で首を傾げて着替えてしまう。不意に外から、針がついているから気をつけるようにと女性スタッフから声をかけられ、わかりましたと返す。

「お疲れー。葛原君、写真よかったよ。似合ってる」

服を着替え下に降りると、デジタルカメラで写真を見ていたらしい颯季が顔を上げる。笑顔で臆面《おくめん》もなく褒められ、つられるようにわずかに頬を緩めた。

「ありがとうございます」

「……――」

だが、その瞬間、ぽかんとしたように颯季が動きを止めこちらを凝視《ぎょうし》した。なにかあったのだろうか。訝しげに見遣ると、笑った、と小さな声が聞こえてきた。

「おお、笑った！　葛原君が笑った！」

思いきり立ち上がった颯季を見て、洋服をたたんでいた女性スタッフが笑う。

「なに、さっちゃん。そのクララが立ったみたいな反応」

「いやだって、最初に会ってから今まで、笑ったとこ見たことなかったもん！　びっくりしたんだよ！」

「あはは、そうなんだ。でも確かに、葛原君、クールな感じするもんね」

「クールっていうか、真面目すぎるんだよ。いやでも、その調子。今の顔、すっげーよかった！」

「はあ……」

自分でも意識していなかったため、どんな顔をしていたのかはわからない。曖昧《あいまい》に頷いていると、颯季の後頭部を、階下から戻ってきたらしい名取が通りすがりに叩いていった。

「痛っ！　名取さん痛い！」

「写真は後でも見られるだろうが。店、戻らねえなら茶でも入れろ。それと、渡すもんある

んだろ」

「あ、そうだ！　葛原君、その辺に適当に座ってて。お茶入れてくる」

「いえ、お構いなく。すぐに失礼するので」

「いいから、いいから。どのみちバイト代も渡さないとだから、座って待ってて」

ぱたぱたと部屋の奥の方へ入っていった颯季を見遣り、近くに座った名取を見る。

「バイト代は別に……」

「無報酬ってわけにはいかないよ。写真、宣伝用に使わせてもらいたいからその分も含めてね。一応、契約書も渡すから。って言っても、本職さんじゃない分、格安になっちゃうんだけど」

元々、颯季への礼を兼ねてと思っていたので、報酬もいらないくらいだ。金額など気にしない。そう告げた葛原に、お茶を入れて戻ってきた颯季が「だから代わりに」と、楽しげな声を出した。

「名取さん、いいよね」

「ああ」

それぞれの前にコーヒーの入ったマグカップを置いた颯季が、先ほどまで洋服をたたんでいた女性スタッフのところへ行く。そこに置かれていた大きめの紙袋を手に取ると、それを葛原のところへ持ってきた。

「はい、これ」

「え？」

「バイト代の半分。悪いけど、金額少ない分、残りは現物支給ってことで。さっき俺が選んだ服、一式。似合ってたからもらってよ」

「いえ。商品をいただくわけにはいきません」

「バイト代って言ったろ。ただし、さっき撮った写真の何枚かをカタログとかサイトに載せさせて欲しい。それでどうだ？」

名取が横から付け足してきたそれに、眉を顰める。

「写真は、好きに使ってもらえれば……」

いいからいいからと颯季に紙袋を押しつけられ、結局そのまま受け取ってしまう。展示に使っていた洋服で、セールの際に値引きして出す予定のものだったから、正規の値段の物ではない。そう説明され、これ以上拒むのも颯季や名取に対して失礼な気がして頭を下げた。

「ありがとうございます」

この店の商品の値段を見てはいないが、一枚が、自分が普段着ている洋服の十倍くらいの値段はするのは確かだ。颯季が似合うと言って選んでくれたのだから、大切にしよう。そう思いながら、機嫌のよさそうな笑みでこちらを見ている颯季に、もう一度軽く頭を下げた。

その後、颯季や他のスタッフ達と話しながらコーヒーを飲んでいると、しばらくして事務所の方から事務スタッフらしき女性が上がってくる。持っていた書類を名取に渡すと、そのまま会釈をして階下に戻っていった。

「さて、じゃあ葛原君。これが契約書と今日のバイト代。目を通して、ここに署名お願いできるかな。判子《はんこ》は持ってる？」

名取に書類と封筒を手渡され、こちらも受け取る。判子も、颯季から持ってくるようにと言われたため持参していた。手元に置いていた鞄から取り出すと、内容をざっと確認して署名し捺印《なついん》する。

「ありがとう。また気が向いたら手伝ってよ。半分は現物支給になるかもしれないけど」

「社長、せこい」

肩を竦《すく》めた名取に、すかさず他のスタッフが突っ込みを入れる。どっと笑いが起こり、それを機に席を立った。これ以上は仕事の邪魔になるだろう。

「じゃあ俺はこれで失礼します」

「あ、外まで送る。俺、まだもうちょっと仕事あるから帰れないんだ」

「いえ……」

構わないから仕事に戻って欲しい。そう言ったものの、いいから、と背中を押され、他のスタッフに挨拶をして下へ降りていく。先に立った颯季の後についていくと、なぜか後ろから名取もついてくる。

事務所を通り抜けて建物の外に出ると、すでに周囲は暗くなっており、街灯が夜道を照らしていた。店を訪れたのが夕方頃で、それから数時間撮影をしていたため当然ではあるのだが、慌ただしかったせいかそんなに時間が経っていたのかという気分になる。

道路に立ち振り返ると、颯季と名取が建物の前で揃って見送ってくれる。

「葛原君、これからもこいつと仲良くしてやって」

颯季の頭をぽんぽんと叩いてそう言った名取に、颯季が目をつり上げる。

「ちょ、名取さん！　なにその子供扱い！」

「なんだよ。可愛い弟分の友達に、お前のことを頼んでるんだろ。葛原君みたいなちゃんとした友達は貴重だぞ。大事にしろよ？」

幼い子供にするようにさらにぽんぽんと頭を叩かれ、颯季が嫌がるようにその手から逃れようとする。後頭部辺りを押さえつけられたまま、頭を下げるように俯《うつむ》かされた颯季は、やめてくださいと言いながら名取の手を振り払おうと躍起になっていた。

そんな二人の様子を見ていると、ふと名取と視線が合う。するとその顔に、にっと楽しげな笑みが浮かんだ。

颯季の頭を手で押さえつけ下を向かせたままの状態で、名取が反対の手でとんと自分の眉《み》間《けん》辺りを叩いてみせる。一瞬のその動作に、自分の眉間に力が入っていることに気づき手をやった。意識してそこの力を抜くと、ようやく名取が颯季の頭から手を離す。

「全くもう、いい加減にしてください。あー、ごめんな葛原君。しょうもないことで時間とらせて」

「いえ。あの……」

苦笑した颯季に答えようとした時、ふとあることを思い出す。ちょっといいですか、というそれに颯季が首を傾げて近づいてきたのを見計らい、声を抑えて告げる。

「そういえば、最初にお話しした店での仕事、日程が決まりました」

「店……って、ああ！　そっか。いつ？」

最初――そもそものきっかけである雑誌インタビューの仕事の件だが、名取がいるためあえてぼかしたそれを、颯季もすぐに察してくれた。

「来週の月曜だそうです。どうなるかはわかりませんが、ご連絡だけはと思って」

「そっか。うん、今の葛原君だったらきっと大丈夫。頑張ってな」

くしゃりと、温かな掌の感触が頭の上に乗せられる。男性にしては細い方に入るだろう指に頭を撫でられ、目を見張る。どくりと心臓が音を立てるのが、自分でもわかった。

「って、ごめん！　俺まで名取さんと同じことやっちゃったよ。子供扱いしたわけじゃないから！　なんか、ついうっかり……」

「いえ、大丈夫です」

焦ったように、行き場のなくなった手を握ったり開いたりしている颯季が可愛く見え、思わず頬を緩める。手を伸ばしそうになったものの、視界の端に名取の姿が映りどうにか押しとどめた。

「とにかく、頑張ってな。もしなにかあったら連絡して」

「はい。ありがとうございます」

軽く頭を下げて颯季から一歩離れると、今度は名取にも聞こえるような声で続けた。

「じゃあ、また。今度、お会いした時に」

「ん？　ああ、うん。楽しみにしてる」

次に会う約束はいつもメールでしている。わざわざ改めて言う必要のないことだが、なんとなく名取の前で言いたくなったのだ。不思議そうな顔をした颯季も、インタビューの結果報告のためだと思ったのだろう、すぐに笑って頷く。

「じゃあ、失礼します」

「おう。今日はありがとう」

「気をつけて帰ってな」

二人に頭を下げると、名取と颯季が揃って手を振ってくれる。見送られながら少し歩いた後、曲がり角に着くと同時に速度を緩めた。角を曲がりながら、ちらりと後方にある店を横目で見ると、じゃれ合うようにして店へと戻っていく名取と颯季の姿が見える。仲の良さが窺えるその光景に、胸の奥になんともいえないもやもやしたものが広がった。

「……――?」

二人の姿が視界から消えた後も、その感情は消えてくれない。

そして葛原は、自覚なく刻まれた眉間の皺《しわ》に気づかないまま、暗くなった道を再び歩いていったのだった。


「うわあ、美味しそう!」

アトリエに、華やいだ声が響く。

『n/sick』の二階、作業台の上に置かれたのは二つのケーキ箱だった。大きめのそれの中に入っているのは、二種類のホールケーキ。

片方は、フルーツがこれでもかと乗ったフルーツタルト。もう片方は、チョコレートコーティングされたシックなチョコレートケーキだった。

女性スタッフの横で箱の中を覗き込み、颯季は「おお」と感嘆の声を漏らした。

「これ、作るの大変だっただろ。いいの?」

「はい。よければ皆さんでどうぞ。ホールのままで申し訳ありませんが」

家で作ったため、小分けにして持ってくるのは難しかった。そう謝罪する葛原に、パタンナーの男性スタッフが、切るのが勿体《もったい》ないなと言いながらスマートフォンで写真を撮り始めた。つられたように、ケーキを取り囲んでいたスタッフ達が同じように写真を撮る。

葛原にモデルを頼んでから二週間。あれから、ぱたりと音沙汰《おとさた》がなくなっていたのだが、二日前に久々にメールが届いた。その際に、もらった洋服の礼に、ケーキを差し入れたいがいいだろうかと聞かれたのだ。

あれは報酬だから気にしなくてもいいと言ったのだが、報酬を別にもらっている以上、そういうわけにもいかないと妙な義理堅さを発揮する葛原に、店の閉店後だったら大丈夫と返したのだ。

実際、店が開いている間は、なんだかんだとばたばたしてしまい休憩も交代でちょっとずつ取るような状態だ。閉店後であれば、片付けをしながら食べられるし、アトリエスタッフ達も休憩を取る時間帯のためちょうどよかった。

同時に、インタビューが無事に終わったと礼を言われたため、ならばその日に打ち上げ代わりに飲みに行こうと誘ったのだ。

「これ、切る人は責任重大ね」

給湯室から人数分の皿と包丁、そしてコーヒーを運んできた縫製スタッフが、ケーキを覗き込んで真剣に呟く。その声に、それなら、と颯季は首を傾げた。ちょうどいい人材がここにいるではないか。

「本職に切ってもらえば？」

何気なく発した颯季の一言で、アトリエにしんと沈黙が落ちる。視線が一斉に葛原の方へと向けられ、だが、当の葛原はたじろぐこともなく包丁を持っていたスタッフに視線を向けた。

「……切りましょうか」

（相変わらず、動じないなあ）

多少なりとも動揺すれば可愛げもあるのに。そんなことを思いながら心の中でひそかに笑っていると、包丁を受け取った葛原が給湯室の場所を聞き、スタッフに案内されてそちらへ向かった。すぐにキッチンペーパーを手に戻ってきた葛原が、ケーキ箱を開いて躊躇なくケーキを切り始める。

「おお、綺麗！　さすが！」

葛原が切り分けていく度に、周囲から歓声が上がる。専用の道具ではないためやりにくそうではあるが、手の動きに全く迷いがない。切る度にキッチンペーパーで包丁を拭《ぬぐ》い、手早く人数分に分けていった。

皿に盛り始めたところで、そのうちの数皿をアトリエスタッフの一人がコーヒーと一緒に店舗の方に運んでいく。店舗で片付けをしているスタッフに、差し入れとして持っていったのだ。

「ね、切る時のコツってあるの？」

「ケーキは、冷やしておいた方がいいです。それから、切る前に包丁を熱湯で温めてから切るとクリームがつきにくいので」

「へえ」

スタッフの質問に答える葛原は、最初に会った頃の素っ気なさからは考えられないほど、的確に返事をしている。仕事の技術に関することのせいかもしれないが、成長したなあと嬉しくなりながら微笑んだ。

「今日は、名取さんは」

ケーキを切り終わり、スタッフ達の中から抜け出してきた葛原が、颯季のところに戻ってくる。問われたそれに、ああ、と肩を竦めた。

「夕方、急用で客先に出かけたから、そのまま直帰。葛原君によろしくってさ」

「そうですか。お礼を言っておいてください」

「了解。でも、ほんと気にしなくていいのに」

あと少し閉店作業が残っていた颯季は、その場に葛原を残し、一度店舗に顔を出すと残りの指示を出して先に上がる旨を告げた。元々、今日は早出だったため、颯季の本来の退社時間はとうに過ぎている。名取が急遽《きゅうきょ》出かけて店舗責任者がいなくなるのと、葛原が来るためここまで残っていたのだ。売り上げの管理や閉店後の最終チェックは、名取の代理で別のアトリエスタッフがやってくれる予定のため、後の作業は任せてアトリエへと戻った。

「お待たせ。じゃあ行こっか。お疲れさまー」

葛原を促してスタッフ達に挨拶をすると、事務所の方へ降りていく。お疲れさま、という声を背中で聞きながら、タイムカードを押して事務所を出た。

「さて、今日は飲むぞー」

両手を空に向け、背筋を伸ばす。後ろからついてきていた葛原を振り返ると、なにが食べたい、と声をかけた。

「俺は、店を知らないので。浅水さんの好きなところで」

「そうか？　んー、じゃあバーでもいいか？　酒がメインだけど料理も美味いんだ」

「お任せします」

一旦歩いて駅に行くと、都心の方へ向かう電車に乗る。時々、飲みに行く際に利用する駅で降りると、繁華街へと足を踏み入れた。日が落ちるのが早くなったこの季節、八時を回ったこの時間帯は空が闇に包まれている。そんな中でも、これから人が多くなってくるこの場所は、明々とした光で照らされていた。

すでに足下が覚束《おぼつか》なくなっている人々や、陽気に笑い合う集団の合間をすり抜け、雑多な雰囲気の中を二人で歩いていく。

大通りから奥の通りに入っていき、小さな居酒屋を目印に角を折れる。人気のない狭い路地に入って少し歩いたところにある、ひっそりと存在する小さな店のドアに手をかけた。

全体的に薄汚れた――古ぼけた風景の中で、同じように年季は入っているもののシンプルだが小綺麗な印象のあるその建物は、馴染んでいるようで少しだけ周囲から浮いてみえた。昼間に通りかかったら喫茶店と見間違えそうな、重厚な木枠で作られたガラス張りのドアを開き、中へ入る。

「いらっしゃいませ。ああ、お久しぶりですね」

「ご無沙汰、マスター。ごめん、お腹空《なかす》いたからご飯食べたいんだけど。いいかな」

「もちろんです」

顔馴染みのマスターに挨拶し、後から来た葛原をカウンターに促す。二人で並んで座り、メニューを見ることなく料理を頼んでいく。

「えーと、マダイのカルパッチョと、エビとアボカドのサラダ。サーモンとチーズのフライと、牛肉のガーリック焼き……後、しらすのピザも」

さほど広くない店ではあるが、カウンターの奥に厨房《ちゅうぼう》があり料理はそこで作られている。以前どこかのレストランでシェフとして働いていた人が作っているらしく、料理が美味しい店としても知られているのだ。

料理の注文を終え、続けて飲み物をオーダーすると、それぞれの前にグラスとオリーブを盛った小皿が置かれた。二人とも、まず注文したのはビールだった。

「じゃあ、インタビューの無事終了を祝って。お疲れさま！」

カチン、とグラスを合わせて乾杯する。そのままぐいっとビールを飲むと、はあ、と息をつく。

「はー、美味い。それで、どんな感じだった？」

「さほど色々答えたわけじゃありませんが、一応、先方は満足したようです。主に聞かれたのは、浅水さんが前もって聞いてくれていたことが多かったので」

「そっか。まあ、まずは当たり障りのないとこから聞くのが無難だろうからなあ」

「後は、どこで調べてきたのかはわかりませんが、前の店について聞かれました。どうして辞めたのかと、今の店を選んだ理由ですね」

「っ！」

驚いて、ビールを飲む手を止める。あえて颯季が聞かなかった部分を突っ込まれたらしい。我知らず眉を顰めていた。

「店の人が教えたとかじゃなく？」

「違うと思います。わざわざ教えても店のイメージが悪くなるだけで、いいことはありませんし。店長も、どこで調べてきたのかと不思議がっていました」

といっても、隠しているわけではないし、偶然耳にしていたとしてもおかしくはない。葛原はそう淡々と続けた。

「あー、言いたくなかったらいいんだけど。前の店辞めた原因って？　あ、ほんと言いたくなかったらいいから！」

どうしようかと迷った末、そう念を押すと、隠してるわけではないのでと葛原がもう一度繰り返した。その声にも表情にもなんの気負いも窺えず、少しほっとする。

「前の店にいた時に、トラブルがあって。それで解雇されました」

「なにか問題が起こったとか……失敗したとか？」

恐る恐る問い返したそれに、だが返ってきたのは予想外の言葉だった。

「……いえ。店の金庫に入っていた売上金がなくなって騒ぎになったので、あちこち調べていたら……俺のロッカーの中に入っていたんです」

「……っ！　なんで、そんな」

「わかりません。ただロッカーといっても、俺は、貴重品を置いていなかったから鍵もかけていませんでした。誰かが入れようと思えば、入れられる。自分がやった覚えがない以上、きっとそういうことだったんでしょう」

「なんだよ、それ……甘んじて犯人になって辞めたのか？」

思わぬ事実に、自然と声に怒りが滲《にじ》む。すると葛原は「いいえ」と颯季の問いをきっぱりと否定した。

「やってもいないことを、やったとは言いません。鍵をかけていなかった以上、誰でも入れられる。オーナーも店長も、そう言いました。ただ……」

「ただ？」

「俺が、それを入れるのを見たという人が出てきました。人望も篤《あつ》い人でしたから、その一言で、俺の言葉の信憑性《しんぴょうせい》は一気に低くなったんです」

「って、まさかそいつが？」

「それは、わかりません。俺は自分がやってもいないことで罪を被る気はありませんでしたし、俺だと断定するには決定的な証拠がなかった……それと同じに、他の誰かがやったという証拠もなかったので。ただ幸い、売上金には手をつけられていなかったので、事件にはなりませんでした。けれど、その後すぐに、店の調和を乱すということで解雇されました」

「なんだよそれ！　なにもしてない人間に責任押しつけて、うやむやにしただけじゃんか」

理不尽な結果に、怒りがこみ上げグラスを持つ手に力をこめる。だが、当の葛原は淡々とした口調で続けた。

「有名な店だったからというのもあったんでしょうが、同業他社に噂が回っていて……解雇された後に面接に行った洋菓子店で、雇ってくれるところはありませんでした。仕事が見つからなくて、レストランならどうだろうかと思いついて辿り着いたのが、今の店です」

ちょうどその頃、タイミングよく、店でパティシエとして働いていた女性が辞めることになっていたらしい。店に張り紙がされた時に偶然通りかかり、そのまま面接を頼んだのだという。

「オーナーから、前の店を辞めた理由を聞かれたので、全て正直に答えました」

「うん」

「その後、やったのかやっていないのか聞かれて、やっていないとはっきり言ったら……『鈍くさい子ね』と言われて。けど、採用していただけました」

「……さ、沙保里さん」

沙保里らしいと思いつつ苦笑していると、葛原がビールを口に運びながら続けた。

「面接の後、店長達は採用するのを渋っていたらしいです。ですがオーナーが、後ろめたいことがあるならごまかして隠すか、必要以上に正当化してみせるだろうと言ってくださったと。感謝しています」

「そっか」

話が途切れたタイミングで、料理が出される。それらを食べながら、けど、と颯季は眉を顰めた。

「前の店のことは、結局そのままなのか？」

「はい。それはもうすんだことですし、俺は今の店に入れてよかったと思っているので」

「……お人好しすぎ」

溜息をつけば、そうでしょうか、と葛原が首を傾げる。本人がいいと言っているものを、これ以上自分がぐだぐだ言っても仕方がない。そう気持ちを切り替え、重くなりかけた空気を払拭《ふっしょく》するように他愛のない話に変える。

やがて、全ての料理を平らげてゆっくり飲んでいると、店のドアが開く音がした。今日は普段より客も少なめで、カウンターにいる颯季達以外は、テーブル席にいる数人だけだ。

入ってきた客に注意を払うこともなく葛原と話していると、近くで誰かが立ち止まる気配がした。

「あれ、さっちゃんじゃん」

「……？ なんだ、ヒロか」

振り返ると、ここで時折会う顔見知りの青年が立っており、ああ、と声を上げた。

「久し振り。最近ご無沙汰だったね」

「時々来てたけど、会わなかったからな。タイミングがずれたんだろう」

「そっか。あ、こんばんは」

青年は、隣に座る葛原の方に視線を向け、にこりと笑う。葛原が会釈をすると、青年がまじまじと葛原を見つめる。そういえば、と嫌な予感がして青年を遠ざけるため腰を浮かそうとした瞬間、続いた言葉にぴたりと動きを止めた。

「さっちゃんの新しい彼氏？」

「……っ、違う。知り合いだ。悪いが今日は遠慮してくれ」

「あっと……ごめんね。じゃあまた、今度会った時は飲もう」

颯季の様子に、言ってはまずいことを言ったと気がついたのだろう。青年は、ごまかすように気まずげに笑うとそそくさと奥のテーブル席へと向かった。

(油断した……)

颯季が恋愛対象として惹《ひ》かれる相手は、同性だ。ここで会う知り合いは、颯季の恋人を知らない人間がほとんどのため大丈夫だろうと思ったのだが、そういえば以前、一度だけここに恋人を連れてきたことがあったのだ。今の青年は、その時に居合わせていた。

すっかり忘れ去っていた自分を心の中で罵《ののし》り、ちらりと葛原を横目で見る。何事もなかったように再びグラスを傾けている横顔を見て、心の中でそっと溜息をつく。

(これはもう、会わないようにした方がいいだろうな……)

そう考えた途端、胸の奥が痛み、唇を噛みしめる。

最初はどうなることかと思っていたのに、だんだん会うのが楽しみになっていた。話をする度に、どこまでも真っ直ぐな、そして誰かを悪く言うことがない性格を好ましく思い、一緒にいることが心地よかった。

惹かれている、のかどうかはわからない。これまでの颯季の恋人は全て年上だ。年下は、弟がいるせいか恋愛対象として見ることができなかった。葛原のことも、最初は昔の弟を見ているようで微笑ましいだけだったのだ。

けれど、いざ、もう会えなくなるのだと思うと、胸が痛かった。

「……明日も仕事だし、そろそろ帰ろうか」

青年が去った後に落ちていた沈黙の中で、颯季が小さく呟く。飲みかけのカクテルを飲み干し、席を立つ。会計をしにレジへ向かうと、背後で葛原が席を立つ音がした。

「会計は、俺が」

後ろから声をかけられ、いいよ、と笑う。

「今日は俺の奢《おご》り。インタビューの成功祝い」

そのまま支払いを終えると、さすがにそれ以上食い下がってはこず、沈黙した葛原が素直にごちそうさまですと頭を下げてくる。

「どういたしまして。色々お疲れさま」

二人で時折言葉を交わしながら駅へと向かい、葛原が乗る地下鉄の駅へと着く。颯季は別の場所から乗るため、一旦そこで足を止めた。

「あー……っと、さっきはごめん。変なこと聞かせて」

「さっき？」

「……いや、いい。とりあえずインタビューも無事終わったし、これで先生返上だな。色々とありがと。楽しかった」

「浅水さん？」

颯季が切り出した言葉に、葛原が眉を顰める。

「葛原君も、いい感じで喋れるようになってるし、もう先生は必要ないよ。後はそのまま、周りの人と話してたらきっと上手くいく」

「いえ、あの……」

焦ったようになにかを言おうとする葛原の言葉をわざと遮り、にこりと笑う。

「じゃあ、これで。元気でな」

「浅水さん！」

別れの言葉とともに踵を返したところで、右の二の腕を摑《つか》まれる。ぐい、と後ろに引かれ再び身体が葛原の方へと向けられた。

「っ痛！」

「あ、すみません！」

力任せに引かれ、顔をしかめる。颯季の声にぱっと手を離した葛原は、だがすぐに、逃がさないようにとでも言いたげに颯季の両腕を摑み、顔を覗き込んできた。

「浅水さんとは、また会いたいです。今度は先生としてじゃなく……」

その言葉に、嬉しさを感じつつも胸が痛み、眉を顰める。

「あのな。さっき、店で。聞いてたろ？　新しい彼氏かって。あいつが言ってた通り、俺の恋愛対象は同性なんだよ」

「それで、どうしてもう会わないような言い方をするんですか」

理解できないという表情に、溜息をつく。

「葛原君は別に同性が好きなわけじゃないだろ。割り切れるやつならいいけど、慣れてないと、どうしても意識するんだよ。こっちも変に気を遣うし。だから、悪いけど……」

「なら、先生や友人としてではなく、恋人として付き合ってください」

突っぱねようとした言葉を遮られ、突拍子もない台詞が耳に届く。一瞬、内容が理解できずに唖然とし、直後無性に腹が立った。腕を摑んでいる手を振り払い、目の前に立つ葛原を睨みつける。

「馬鹿にしてるのか？　それとも、ただの好奇心？」

「どちらでもありません」

「……男と付き合ったことあるのか？」

あまりに真剣な様子に、一気に跳ね上がった怒りが少しだけ治まる。恐る恐る問えば、それには「いいえ」と、はっきりとした否定の言葉が返ってきた。

（これは、それとなくフェードアウトした方がよかったかな）

失敗した、と思ったが後の祭りだ。できれば、きちんと別れの言葉を言ってやりたかったのだ。そうでなければ、葛原は自分になにか落ち度があったと思うだろうと。そんな気がしたから。

さほど執着するタイプには見えなかったため、仕事は終わり、という理由を伝えれば納得

するだろうと思っていたのに。

「あー……どうしてそんなことを言い出したのかは知らないけど、売り言葉に買い言葉的な勢いだけでそんなこと言うのはやめといた方がいいよ。後で後悔するから」

「勢いではありません。俺は、真剣に言っています」

真っ直ぐにこちらを見ている葛原に、なぜか颯季の方がたじろいでしまう。正直、葛原の考えが颯季の理解の範疇《はんちゅう》を超えてしまっており、どう対応していいかわからなくなっていた。

少しの間お互いに考えを探るように見つめ合い、やがて、かすかに目を伏せた葛原が小さく呟いた。

「……オーナーにも、合格点は誰かを口説けるようになったら、と言われています」

そして視線を上げ、正面から颯季を見据えると、迷いのない声できっぱりと告げる。

「俺は、誰かを口説くなら、相手は浅水さんがいいです」

「あ……いや……」

その一言に、どきりとし、落ち着かない気分になる。うろうろと視線をさ迷わせ、やがて行き場をなくして俯いた。

これほど真っ直ぐに自分を見つめ、声をかけてくれた相手がこれまでいただろうか。

付き合ってきた相手は、いつも颯季に奔放さや自由さを求めた。縛られたくないという相手との、大人同士の割り切った——もしくは本命とは別の浮気相手として。けれどそれは、決して颯季が望む恋愛の形ではなかった。

たった一人でいい。自分だけを見てくれる相手が欲しい。そう思いながら、これまで誰かと付き合っては別れる、というのを繰り返してきたのだ。

(けど、こいつは絶対違う……)

単に、颯季を引き留めるための方法として言い出しただけだ。わかった、と言えば、後で絶対に後悔する。

そう思いつつも、目の前に差し出された手の誘惑に、抗《あらが》えない。誰か一人に求められる。その心地よさに、引き寄せられるようにそっと顔を上げた。

「……お試しなら、構わない。ただし、どちらかが嫌になったらすぐに解消。いいか？」

「はい！」

どのみち、男同士でなにをするかが現実として目の前に立ちはだかったら、無理だと気づくだろう。これまで違う価値観を持ってきたのならば覆《くつがえ》すのは並大抵のことではない。自分でできると思っていても、身体が拒否反応を示すことはよくあることだ。

(とりあえず、気持ち悪がられなかっただけでもいいか)

そんなことを思いながら、溜息をついて葛原を見上げる。

この決断を、きっと自分は、後悔することになるだろう。そんな漠然とした不安を抱えながら、すでに抗えなかった自分を悔やみ、颯季は小さく苦笑した。

その後、再び葛原と顔を合わせることになったのは、一週間後のことだった。

付き合って欲しいと言われた翌日の夜、電話で休みの日を聞かれたのだ。もしその日に自分も休みが取れたら会って欲しい。そんな誘いに、悩みつつもわかったと答えた。

表面上、今までと変わらないように返事をしたつもりだったが、内心では不安と高揚が入り交じっていた。告白された――そして、決して嫌いではない相手に会うことへの緊張感。けれど、やはり無理だったと言われるのではないかという不安。色々な感情が次々に湧き上がり、どうしても息苦しさを感じてしまう。

葛原は、今まで颯季の周囲にいなかったタイプだ。もし友人として付き合っていけたら、多分それが一番よかった。裏表のない――そして上辺《うわべ》だけの言葉を言わない対等の立場で付き合える相手は、これまでほとんどいなかったのだから。

電車から降り、待ち合わせに指定された改札前に向かいながら、颯季はそっと溜息をついた。これから、どんな顔をして会えばいいのか。

「……っ」

指定されたのが、今まで降りたことのない駅の改札口だったため、案内板を見ながら構内を抜ける。改札脇に立っている葛原の姿を見つけ近づいていくと、こちらに気づき軽く頭を下げてきた。

「ごめん、待たせて」

「いえ、俺もさっき来たばかりなので。今日は、ありがとうございます」

「そんな畏《かしこ》まらなくても。先生役はもう終わったんだし、普通にしてくれていいよ」

いつも通りの律儀さの葛原に、ほっとする。できるだけ意識しないように。これまで通りに。そう自分に言い聞かせながら、葛原に笑いかけた。

「じゃあ行こうか……って言っても、なにも考えてきてないんだけど」

葛原と再び会うということでいっぱいいっぱいになっており、今日どこに行くかもなにをするかも全く考えていなかった。基本的に、誰かと出かける時はいつもエスコートする側だった。こんなふうに目的も決めず誰かと会ったのはそれこそ学生時代以来で、表には出さないようにしつつもわけもなく動揺してしまった。

（あ、でも……）

この駅を指定したのは葛原だ。もしかしたら、行きたいところがあるのだろうか。そう思い問いかけようとした瞬間、あの、と切り出された。

「少し歩いたところに水族館があるので、行きませんか？」

「水族館？」

「はい」

思いもかけぬ目的地に驚いていると、葛原が少し心配そうな表情で首を傾げる。

「他がよければ……」

「ああ、ごめん。違う違う。いいよ、行こう」

思ってもいなかった場所に驚いただけで、嫌なわけではない。笑顔で促すと、葛原が頷いて先に歩き始めた。

十分ほど歩くと、目的地である水族館に着く。平日の昼間のせいか、家族連れは少なく、大学生くらいのカップルや友人、団体客らしき人々の姿が多い。

「こんなところに、水族館があったんだな。前にも来たことがあるの？」

「いえ。俺も、ここへ来たのは初めてです」

チケットを買い中に入ると、順路に沿って歩いていく。ガラス張りの水槽の向こうに泳ぐ魚達の姿に意識が向かい、二人きりで歩いていた時の落ち着かなさが少し和らいだ。

「へえ、すごいなー」

初めて見る光景に、わくわくしながら水槽へと近づいていく。岩や土、木や水で作られた自然を模した光景の中で、魚が悠々と泳いでいる。日常的な風景を写したようなそれに、さほど身近に海があったわけでもないのに不思議と懐かしさを感じてしまう。

水槽や説明を見ながら順路を進んでいくと、やがてペンギンの姿が見えてくる。映像では見慣れているが、実物を見たのは初めてで、思わず「おお」と声を上げ笑顔で近づいていった。さほど広くはないスペースに岩とプールで空間が作られ、ペンギン達が思い思いに過ごしている。無条件に癒《い》やされる光景に、自然と笑みが浮かんだ。

「うわ、可愛い。歩いてる、歩いてる」

岩の上を歩き、滑らかに水の中に入っていく姿を見ていると、すいとペンギンがこちらに近づいてくる。水面から見える背中が間近まで来て一度顔を出し、再び遠のいていく姿に、かっわいいなあと我知らず呟いていた。

ふと、隣に人が立つ気配がして見ると、なぜか葛原が目を細めてペンギンではなくこちらを見ていた。物珍しさからついはしゃいでしまっていた自分が恥ずかしくなり、ごまかすように笑う。

「あ、ごめん。水族館って、来るの初めてでさ。こんなふうなんだろうって知ってはいたけど、実物見たらつい」

「いえ」

わずかに微笑んだ葛原にどきりとし、慌てて目を逸らした。行こうか、と先に立って歩きながら、頬を掠《かす》める風が冷たい気がして思わず俯く。

（なんで、あんな顔して……）

葛原の姿を見ることができず、ずんずんと進んでいき、やがてアザラシ達が泳いでいる場所へと出る。ガラスの向こうで泳ぐ大きな姿に目を見開き、けれど、どこか愛嬌《あいきょう》のある姿に水槽へと近づいた。

「うわ、思ってたよりでっかいな」

優雅に泳ぐ姿は、テレビで見たことのある地上でのゆったりとした姿より機敏さが感じられた。水面から真っ直ぐに水底まで降りてきたアザラシが、目の前をすいと横切っていく。実物の大きさを間近に感じられ、思わず水槽に手をついて眺めた。

「向こうにイルカもいるそうですが、今日は、しばらくしたらイルカのショーがあるそうです。後で行ってみますか？」

「行きたい！」

アザラシ達の姿に無防備に見入っていたところで、葛原の言葉が耳に届き、思わず勢いよく反応してしまう。だが次の瞬間はっと我に返り、ごめんやっぱいい、と慌てて首を横に振った。

（うわ、子供か！　恥ずかしい！）

「行きませんか？」

だが直球で問われ、うっと言葉に詰まる。行きたくないか、と言われれば、正直行ってみたい。子供っぽいとわかってはいるが、昔、憧れていたのだ。

子供の頃から、あまりこういった場所には縁がなかった。母子家庭だったため金銭的な余裕がなかったというのが一番で、家族で出かける時は近場の広い公園にお弁当を持っていくことなどが多かったのだ。

成人してからは、母親が亡くなったこともあって働くことに必死だった。仕事柄、食事や買い物にはよく行ったが、こういう定番的な場所に来たがる相手はおらず、この歳になってわざわざ一人で来るという発想もなかった。

「……行き、たい……けど」

うう、と口ごもりながら正直に答える。まともに目を合わせるのが恥ずかしく、上目遣いで見ると、葛原がわずかに微笑んで頷いた。

「じゃあ、時間まで他の場所を見ましょう」

「……本当にいいのか？　この歳の男二人でイルカショーって……わりと恥ずかしいと思うけど……」

あまりにあっさり答えた葛原に、躊躇いがちに問う。だが当の葛原は、どうしてかがわからないといった顔で首を傾げた。

「浅水さんと一緒に見るのに、恥ずかしいことなんかありませんよ」

「……っ！」

臆面もなく言われた言葉に絶句する。行きましょうかと言われ、歩いていく葛原の背中を追いながら、ここが薄暗い通路でよかったと心の底から思った。

（絶対、今、顔赤い）

口説き文句として、こういった言葉をかけられたことがないわけでもないのに、葛原相手だとそれが無性に恥ずかしい。性格的に、こちらの機嫌を取るためにこういうことを言える人間ではないと、短い付き合いながらわかっているせいか。

俯きながらしばらく歩いていると、ふと葛原が立ち止まる。視界に入った足下に、同じように立ち止まって顔を上げた。

「う、わぁ……っ」

いつの間にか目の前に広がっていた光景に、声を上げる。

そこにあったのは、真横も頭上も水に囲まれたトンネル水槽だった。水の中を演出したような薄暗い青い光に照らされた通路が、目の前に延びている。

上を見ながら無意識に前に進もうとすると、立ち止まった葛原の背にぶつかってしまう。

「あ、ごめん……って、え⁉」

再び足を止め謝ると、不意に颯季の左手が温かなものに包まれる。見ると、葛原の右手に握られており、そのまま前に進み始めた。つられるように歩き、え、と戸惑いながら声をかけた。

「葛原君、手、手……」

「こうしていますから、前は気にせず歩いてください」

「いやでも……っ」

人が見ているから、と言おうとして、言葉を飲み込む。実際にこの手を離されるところを想像して、寂しいと思ってしまったのだ。よく見ると、周囲にほとんど人の姿はない。

（ちょっとだけ……これ見終わったら、ちゃんとしよう）

自分にそう言い聞かせ、左手の温かさを感じながら上を見上げる。

真《ま》っ青《さお》な空間を歩きながら、水中にいるような光景に見入ってしまう。真横を大型のエイが横切っていき、頭上にも様々な種類の魚達の姿がある。トンネルの途中で足を止め、横や上を眺めながら、ふと葛原と観に行った映画を思い出した。擬似的なものとはいえ、あの時スクリーンで観た世界に繋《つな》がるものが、今目の前に広がっている。

「あ……」

その瞬間、あることを思い出して、隣に立つ葛原に視線を向けた。颯季と同じように水槽の向こうを見ていた葛原がこちらを向く。

「もしかして……前に俺が水族館来たことないって言ってたの、覚えてた？」

あの映画を観た後、確かそんなことを言ったような気がする。まさかと思い問いかけると、はい、と端的な答えが返ってきた。

「浅水さんに喜んでもらえそうなところを、他に思いつけなかったので」

「……っ」

あんなささいな言葉を葛原が覚えていたとは思わず、驚きで言葉を失う。自分のことを考えて、喜ばせようとしてくれた。それが嬉しく、無性に泣き出したいような衝動がこみ上げてくる。

仕事柄詳しくなる必要があったせいもあり、恋人からは洗練された洒脱な場所が好きなのだと思われがちだったが、こういう誰もが家族でよく行くような場所に、心の奥底でひそかな憧れがあったのも事実だった。

ただ、一緒に行って欲しいと言えるような雰囲気の相手がいなかったのと、一人で行くと余計に虚しさが募りそうだったから来られなかったのだ。

「ありがとう……」

繋がれた左手にかすかに力をこめ俯きながら小さく呟くと、答えるように葛原の手にも力がこめられた。

ふわふわとした高揚感に包まれながら、再び二人でゆっくりと歩き始める。颯季は自分が心許ない——どこか泣き出しそうな顔をしていることにも気づかないまま、水の中の景色を瞳に写し続けた。


「うわ、すごいな」

感嘆の声を漏らすと、葛原が最後の大皿をテーブルの上に置いた。

水族館を一通り見て回り、イルカのショーも楽しんだ後、颯季は夕食に誘われ葛原の家に来ていた。元々、今日は弟の帰りも遅く、時間があれば一緒に食べようと思っていたのだが、まさか自分が作るからと言われるとは思っていなかった。

折角の休みに人の世話をさせてしまうのが申し訳ないため、どこかに食べに行こうと言ってはみたのだが、颯季を誘おうと思ってデザートを準備していると言われてしまうと、それ以上は遠慮もできなかったのだ。

１ＬＤＫのアパートは、築年数は経っているもののそこそこの広さがある。もう少し狭い――必要最低限の部屋に住んでいるようなイメージがあったのだが、家でケーキを試作するため、オーブンなどの家電製品が置ける広さと、台所の作業スペースが欲しかったのだそうだ。そう言われれば納得で、１Ｋのようなキッチンが狭い部屋だったら凝《こ》った料理などはしにくいだろう。

建物が古いのと、駅からは離れている場所のため、家賃は割合安いらしい。

「疲れてるのに、ごめんな。色々させて」

「いえ、俺がしたくて誘ったんです」

葛原の言葉に「ありがとう」と返すと、改めてテーブルの上を見る。

所狭しと並べられた料理は洋食寄りで、なぜか颯季の好きな物がほとんどだった。

メインは煮込みハンバーグで、小ぶりのハンバーグが二つ、タマネギやマッシュルーム、シメジなどのキノコ類と一緒にデミグラスソースで煮込まれていた。

他に、トマトや人参《にんじん》、ブロッコリーやパプリカなど色鮮やかな野菜が盛られたサラダと、かぼちゃのポタージュスープ、そして温かいパンが二種類。

綺麗に盛り付けられているものの、店で出されるような洗練された雰囲気ではなく、どこか家庭的な温かさのあるそれも颯季の好みだった。

「……俺、好きな食べ物とか話したことあったっけ」

食べましょうと促され、箸《はし》を手に取り「いただきます」と言いながら、不思議に思って呟く。

「浅水さんからお聞きしたことはありません……味はどうですか？」

「だよね？　うん、美味しい。ていうか、なんか俺が好きな味に合わせてもらってごめん」

葛原が料理を作っている最中、味見をしてくれと言われ、颯季の好みの味になるまで手を加えてくれていたのだ。自分に合わせなくても普通に作ってくれればいいからと何度言っても、自分がやりたいだけだからと言って押し切られてしまった。

「好きな味を聞いたのは俺です。ちなみに、好きな食べ物は、裕太君にお聞きしました」

「……っ！」

さらりと告げられた衝撃の事実に、吹き出しそうになり口元を押さえる。

「は、え⁉　裕太にって……え、いつの間に⁉」

あまりの驚きに思わず身を乗り出して聞くと、洋服が汚れないよう、さりげなく葛原が目の前にあった皿を引いてくれる。

「先日、浅水さんの家にお邪魔した後、裕太君にお礼を言うために電話を替わってもらいました よね。その時に料理の話が出て、電話番号を交換しようと言ってもらって。それから何度かメールのやりとりをしているので」

「ちょっと待って……二人とも、いつの間にそんな主婦的なメル友になってんの……」

裕太もなにも言ってなかったのに。そう言って頭を抱えた颯季に、正面から申し訳なさそうな声が聞こえてきた。

「すみません、浅水さんの許可もなしに弟さんと連絡を取ったりして」

「へ？　いや、そこは裕太の問題だし俺を通さなくても別に。じゃなくて、ごめん。全然思ってもみなかったから、驚いただけで。葛原君が謝ることはないよ」

というより、颯季の知らない間に二人が仲良くなっていたことで、疎外感を覚えてしまった、などとは絶対に口に出せない。ごまかすように笑い、けど、と食卓の上に並べられた料理に視線を落とした。

「ありがとう。俺の好きなもの、わざわざ作ってくれて」

こういうのって、照れるけど嬉しいな。そう微笑み、温かいうちに食べようと再び箸を進めた。これ以上、葛原に惹かれたら駄目なのに。そう思いつつも、胸が温かくなるのはどうしようもなかった。

静かな、けれど決して居心地は悪くない雰囲気の中で、黙々と食事をする。話題を提供しなければいけない。そんな気負いがなかったせいだろう。ゆっくりと味わって食べてしまうと、颯季は「ごちそうさま」と手を合わせた。

「美味しかった」

「それならよかったです。デザートは入りますか？」

「もちろん！」

まだ大丈夫、とお腹を叩いてみせると、ふっと葛原が微笑み皿を持って席を立った。手伝おうと残りの皿をまとめて流しに運んでいくと、ありがとうございます、と葛原が律儀に頭を下げてくる。

「皿、俺が洗っていいかな。作ってもらったお礼に」

「それは後で俺が……」

「人に触られるのが嫌じゃなければ、やらせて。家でも片付けは俺の当番だから、割ったりはしないし」

基本、家事は苦手だが、それくらいのスキルならある。そう言う颯季に、一瞬迷う素振りをみせた葛原が、ありがとうございます、と場所を空けてくれた。

「その間に、デザートの準備しておきます。飲み物は……この時間ですが、コーヒーでも大丈夫ですか？」

「俺は平気。楽しみにしてる」

鼻歌交じりに皿を洗いながら、隣で作業をする葛原をちらりと横目で見る。コーヒーメーカーをセットした後、葛原は冷蔵庫から小さな丸型のセルクルに入ったケーキを取り出してきた。ちょうど一人分ずつくらいの大きさのそれが二つバットの上に並んでおり、型を外すと、綺麗に固まったケーキが姿を現した。

すぐに二人分の皿を洗い終え、見てていいかと聞くと、葛原が頷く。そしてケーキの上にグラニュー糖を振りかけ、近くに置いていたこてのようなものを表面に押しつけた時点で、それがなにかを悟った。

「もしかしてそれ、シブースト？」

「はい」

ケーキの表面が焼きごてで煙と音を立ててキャラメリゼされていく様子を、つい物珍しげに見てしまう。たまに弟が料理を作っているところを見ることはあるが、さすが本職は違うと感心する。

「そうやって作るんだ。バーナーとかであぶるのかと思ってた」

「その方法もありますよ。バーナーも焼きごてもない時のために、表面を焼かない作り方もあります」

「へえ……あ、コーヒー入れるな」

コーヒーメーカーのランプが保温に変わったところで、並べられたカップに二人分のコーヒーを入れる。

綺麗にキャラメリゼされたケーキが皿に乗せられ、薄切りにしたリンゴのスライスと生クリームで盛り付けられていく。大柄なのに繊細な盛り付けをさらりとこなす指先に視線が引き寄せられ、終わりました、という声ではっと我に返った。

「後は運ぶだけですから。先に座っててください」

「わかった」

頷き、リビングのテーブルに再び腰を落ち着けたところで、すぐに葛原がトレイにケーキ皿とコーヒーを乗せて運んできた。

「じゃあ、いただきます」

「どうぞ」

皿を並べ終わり、葛原が座ったところでスプーンを手に取りケーキに入れる。パリ、とキャラメリゼされた表面が軽く音を立てて割れ、その下のクリームを掬って口に運んだ。

「うん、美味しい。これ、キャラメル味？」

「はい。甘さはどうですか？」

「リンゴが甘いし、ちょうどいいよ」

「浅水さんの好きな甘さですか？」

真剣な表情で聞いてくる葛原に、え、と目を見開く。えーっと、と少し考え、もう一口食べる。今度はじっくりと味わい、考えた。率直な意見を求めていることがわかったため、ちゃんと自分が感じたことを答えようと思ったのだ。

「この大きさなら、もう少し甘くても好きかな。大きめのだと、このくらいじゃないと食べきれないと思うからちょうどいい……かな？　でもこれ、好きな味だよ」

「わかりました。ありがとうございます」

納得したように頷いた葛原に、自分が答えた内容に気分を害した様子がなくほっとする。店で食べるケーキそのもので美味しいというのは正直な感想なのだ。リンゴとクリームの甘さをキャラメルの味が少し引き締めており、甘いだけのケーキより颯季は好きだった。

そう伝えると、葛原は頷いて自分もケーキを口に運んだ。

「浅水さんは、どういうケーキが好きですか？」

「俺は、わりとなんでも……あ、でも、柑橘系《かんきつけい》とかベリー系とか果物使ったのは好きかな。桃とかの甘めの果物だと、ムースとかさっぱりした感じのが好き」

「チョコとか、チーズ系は？」

「んー、チョコだとビターっぽいのをコーヒーと一緒に、とか。チーズタルトとかも好きだよ。後はあれかな、定番の苺のショートケーキ」

「ショートケーキ?」

「そうそう。昔さ、あれだけは母親がクリスマスに作ってくれてたんだ」

懐かしさに目を細めると、葛原もまたなにかを思い出したように呟いた。

「……うちも、祖父母が一番好きだったのが、フルーツをたくさん使ったショートケーキでした。結婚記念日は、毎回それで」

「あはは、葛原君のとこもそうなんだ。なんだろうな、どこにでもあるケーキなんだけど、なんか特別っていうか。まあ、うちの場合は年に一回ホールで出てくるのが嬉しかったってのもあるだろうけど」

「そうですね。そういえば、俺も初めて祖父母の家でホールのケーキが出てきた時は、嬉しかったのを覚えています」

以前聞いた葛原がパティシエになるきっかけともなった祖父母の話に、親近感を覚える。どんなケーキが出ていたのかなどを聞くと、今ではよくあるが昔は知られ始めたばかりのケーキなども出てきて、葛原の祖父母がなかなか好奇心旺盛《おうせい》な人物だというのが窺い知れた。

ケーキを食べ終えて落ち着いた頃、部屋にふと沈黙が落ちる。コーヒーカップをテーブルの上に置き、突如流れた静寂に落ち着かなくなり、あのさと声をかける。

「今日は、色々ありがとな。楽しかった」

「いえ。こちらこそありがとうございます。俺も楽しかったです」

「うん……あー、えっと……」

この間告げられた、付き合って欲しいという言葉。あれを、断るべきか否か。どうするか決められないまま、言う言葉すら見つけられず視線をさ迷わせる。

男同士で恋人になるという意味を、本当に理解しているのだろうか。恋愛対象が同性ばかりだった自分を恥じてはいない。ただ、世間的には厳しい目が向けられることが多く、リスクもある。下手をすると、順調にいっている仕事を失うことだってあるのだ。

「あのさ、この間の付き合うっていう話……本当に、本気なのか？」

「どういう意味でしょうか」

「いや、恋人になるっていう意味、わかってる？　要するに、俺と、その……キスとか、そういうのできるかっていう……」

「できます。……してもいいですか？」

驚くくらいの即答が返ってきた後、少し間が空き、窺うような様子で聞いてくる。

「いい、けど。でも、別に俺が言ったからって無理に……」

「無理ならしません。けど、俺はしたいです」

「……っ」

はっきりと言われ、視線をさ迷わせながらも頷く。目を伏せたまま斜向かいに座っていた葛原の方に身体を向けると、両手で肩を包まれる。葛原が近づいてくる気配に合わせて瞼を落とすと、そっと顔を上げた。

「ん……」

温かな感触が、ゆっくりと唇に触れる。一瞬、触れた途端に離れ、けれどまたおずおずとした動きで重ねられた。少し長めの、触れるだけのキス。まるで中学生か高校生が初めてキスをしたというようなぎこちなさに、どうしてか無性に恥ずかしくなってしまう。

どくどくと、耳元で心臓の音がしそうなほどに鼓動が速くなっている。もっと官能的で情熱的なキスだって何度もしてきているのに、そんな経験すら吹き飛んでしまうほどに動揺してしまう。リードすることすら思いつかず、震えそうになる唇を触れ合わせているだけで精一杯だった。

「……っふ」

やがてどちらからともなく唇を外すと、咄嗟《とっさ》に俯く。心臓が痛い。落ち着くどころか息苦しいほどに心臓が高鳴っている自分を知り、やばい、と思った。

（どうしよう、俺……）

ここから逃げ出してしまいたい。そんな衝動に駆られ、立ち上がりそうになった瞬間、不意に肩を摑んだ手にかすかな力がこもる。そろそろと視線を上げれば、じっとこちらを見つめている葛原と視線が合い、わななくように唇が震えた。

「あ……」

喘《あえ》ぐような声が零れた瞬間、もう一度、という声が耳に届く。

「もう一度、してもいいですか？」

無意識のうちに頷いてしまい、再び葛原の顔が近づいてくる。これ以上は駄目だ。そう自分の中から声がするのに、逆らえない。

今度は、先ほどより少し深く重ねられ、頬に手が添えられる。ぎこちないけれど優しい手つきからは葛原の気持ちが伝わってくるようで、胸の奥から温かなものがこみ上げてくる。どうしよう。

心地よさと不安と動揺。色んなものが交じり合い、颯季の頭がその言葉でいっぱいになっていく。どうしよう、どうしよう、どうしよう。

（もう、駄目だ……）

こんなに、葛原のことを好きになってしまっている――それこそ、葛原のために自分からこの優しい手を振り払うことができなくなっているほどに。

そう自覚した瞬間、颯季は、この『お試し期間』を傷つかないよう終わらせる方法を見失ってしまったことに気がついたのだった。

ベッドを背もたれ代わりにして、颯季《さつき》は柔らかなクッションに顔を埋《うず》めた。横目で見た先には、キッチンで昼食を作っている葛原《くずはら》の姿があり、落ち着かない気分でクッションを抱く腕に力をこめた。

葛原に恋人になって欲しいと言われてから、数週間が経った。

お試し期間が始まった直後に水族館に行って以来、会うのはもっぱら葛原の家になっている。ケーキの試作をするのを眺めていたり、二人で借りてきたＤＶＤを観たり。元々、二人であちこち出かけていたのは葛原に話し方を教えるためでもあったので、こんなふうに家でのんびりするのも嫌ではなかった。

「お待たせしました。今日は炒飯《チャーハン》です」

「ん、ありがと」

葛原が、両手に持って運んできた皿をテーブルの上に置く。居間にある簡単な作業ができる程度の小さなテーブルは、二人分の料理を並べたら一杯だ。

三往復して全てを並べ終えたものを眺め、美味《おい》しそうだと呟《つぶや》いた。

今日の昼食は、海老《えび》の餡《あん》かけ炒飯に、中華スープとサラダだ。葛原は、颯季が家に来ると必ず昼食や夕食を作ってくれていた。会えるのが、仕事が終わった後の数時間か休みの日だけなので、必然的に一緒に食事をする回数が多くなっているのだ。

といっても、颯季も弟と一緒に暮らしているため、そうしょっちゅう会えるわけではない。せいぜい週に一、二度くらいだ。

「いただきます」

手を合わせ、れんげを手に取り炒飯を口に運ぶ。とろりとした餡が絶妙で、食べながら自然と笑みが浮かぶ。

「美味しい」

さっぱりした中華スープもちょうどいい味付けだ。薄すぎず、濃すぎない葛原の料理は、食べるごとに颯季の好みに合っていくような気がしていた。最初にこの部屋に来てごちそうになった時には何度か味見をしたが、徐々にその回数も減っていき、今ではさほど聞かれなくなっている。たまに、これまでとジャンルの違うものを作った時に聞かれる程度だ。

「ありがとうございます。スープ、まだありますから」

「ありがと。やっぱ、料理得意なのっていいよな。俺、これだけは全く駄目だ。おかげで裕《ゆう》太《た》も、母親が死んでから料理だけは速攻でできるようになったし」

「料理は向き不向きがあると思います。お互いができることをやっていればいいんですよ」

「あはは、弟にもそう言われた」

母親が亡くなった時、颯季は自分が裕太を育てなければと気負っていた。なにもかもを自分がやろうとして、けれど、さほど家事が得意でなかった颯季はホストの仕事を始めたばかりということもあり、一度身体《からだ》を壊したのだ。

その時、まだ子供だった裕太が涙を浮かべながら必死に叱《しか》ってきた。

『料理と掃除は俺がする。にーちゃんは、洗濯とゴミ捨て係。俺だってもう中学生だ。家のことくらいできる』

中学に上がったばかりの裕太は、それ以降、家の中の仕事を一手に引き受けてくれた。元々覚えも要領もいい子供だったため、最初は危なっかしかったものの、あっという間に料理の腕が上達したのだ。

「いい弟さんですね」

「まあな」

兄馬鹿という自覚はあるため、弟を褒められれば悪い気はせず、照れくさくなりながらも頷《うなず》いた。

そしてこれもいつものことだが、食後には必ず颯季の好きなケーキが出される。

そう何度も作ってもらうのは悪いからいいと言っているのだが、自分の練習も兼ねているからと言われ、結局いつもごちそうになってしまっているのだ。今日は、ヨーグルト味のムースとオレンジソースを重ねたものにオレンジを飾りつけたもので、さっぱりとした後味が実に颯季好みだった。

「あのさ。店に出すケーキの練習って言ってるけど、なんか、作る度に俺の好きな感じになってる気がするんだけど……」

食べながらぼそぼそと呟くと、大丈夫ですよ、とあっさりとした声が返ってくる。

「ちゃんと、颯季さん用に作ってますから。好みの味になっているのであれば、問題ありません」

「いや、問題あるから。それ練習になってないって！」

慌てて突っ込みを入れるものの、葛原は全く意に介した様子もなく同じようにムースを口に運んでいる。とりあえず、出されたものは美味しく味わうのが礼儀だと思っているため、それ以上の反論はせずにゆっくりと食べてしまう。

嬉《うれ》しくないわけではない。むしろ、嬉しい。

こんなふうに、誰かに自分の好みを気にされたことはない。自分が特別なのだと、そう態度で示してくれる葛原のような人は、今まで誰もいなかった。誰かの好みを察することは得意だったが、自分の好みを誰かに伝えたことは、あまりない。

甘やかされている。そう思う度に、葛原を想う気持ちが大きくなっていく。自分も、葛原のためになにかをしてやりたい。笑顔にしたい。この心地いい場所を、手放したくない。

そんなことを夢見てしまうからこそ、嬉しいと素直に認めるのが怖かった。

「ん、美味しかった。ありがとう」

「いえ、とんでもないです」

微笑《ほほえ》みながら礼を言うと、表情を緩めた葛原が頭を下げる。葛原も、以前と比べてこんなふうに優しそうな笑みをみせることが多くなった。

（もてるようになってるだろうなあ……）

そんなことを考えながら見ていると、ふと、食器を簡単にまとめていた葛原が手を止め、床の上に置いた颯季の手に自分の手を重ねてきた。

「……――」

温かな体温に、どきりとする。小さなテーブルの斜向《はすむ》かいに座っているため、葛原との距離は近い。近づいてくる顔に、すっと目を伏せ、そのまま瞼を下ろした。

「……ん」

ふわりと唇《くちびる》が重ねられ、柔らかく吸われる。重ねられた手に力がこもり、さらに葛原の身体がテーブルを避けて近づいてきた。

距離が縮んだ分、唇の合わせが深くなり、舌がそっと差し入れられる。

「……ふ、あ」

そろそろとした動きで口腔《こうこう》を舌でなぞられる。様子を窺《うかが》うような動きに、じれったさと心地よさの両方を感じながら、葛原のそれに自身の舌を絡めた。

「ん！　あ……っふ」

突如、握られていた手から温かさが去り、直後、両肩を引き寄せられる。葛原の胸に倒れ込み、そのまま縋《すが》りつくように葛原の服を摑《つか》んだ。

「ん、く……」

舌の動きに合わせて、唾液《だえき》が音を立てる。平日の昼間、まだ明るい時間の行為に一抹の背徳感を覚えながら、与えられる心地よさに身を任せた。

やがて、味わうようにしばらく颯季の唇を貪《むさぼ》っていた葛原が、口づけを解《ほど》く。上がった息を整えながら正面を見ると、葛原がじっとこちらを見ていた。どきりとしながら、熱を持った頬《ほお》を隠すように俯《うつむ》く。

「あ……の……」

さらりと指先で頬を撫《な》でられ、鼓動が速くなる。颯季を触る葛原の指は、いつも優しい。決して乱雑に扱うことなく、まるでケーキを扱うような手つきで颯季の肌《はだ》に触れた。

(けど、やっぱり)

やがて、そのまま頬から指が離れていき、凭《もた》れていた身体もそっと元に戻される。そのことに悲しみを覚えながら、駄目かなと内心で独りごちた。

葛原と恋人として付き合うようになって、キスは何度もした。正直、最初はここで駄目になるかと思っていたのに、葛原は全く嫌悪感をみせなかった。

それどころか、最初にしたキスで颯季自身が葛原に対する気持ちを自覚してしまい、やっぱりやめようという一言を言い出せなくなってしまったのだ。

以降、キスだけはこうして何度もしている。最初はぎこちなかったものの、回数を重ねるごとに葛原はどんどん上手《うま》くなっていき、今では熱くなる身体を宥《なだ》めるのに必死だった。

そう――逆に言えば、それ以上のことはまだ一度もしていないのだ。キスだけならば、同性でも異性でもたいして変わりない。だがこれ以上の行為は、恐らく無理だろうなと思っている。

「なあ、葛原君……あの」

本当ならば、さっさと現実を突きつけて別れた方がいいのだろう。そう頭ではわかっているが、未《いま》だに自分からその一歩を踏み出す勇気がなかった。そこに向かえば、この温かさをなくしてしまうとわかっているから。

（やっぱり、キスなんかするんじゃなかった）

あの時、キスをしていなければ、まだたいして傷つかずに引き返せたかもしれないのに。

「はい」

「……いや、なんでもない」

いざ、もうやめようという言葉を口に出そうとすると、躊躇《ためら》ってしまう。そんな自分が情けなく、俯いたまますっと葛原から身を引いた。

「浅水《あさみ》さん」

「なに？」

「お願いが、あるんですが」

改まった声に、鼓動が嫌なふうに跳ね上がる。少し距離を取るように一旦立ち上がり、今まで背もたれにしていたベッドの上に座った。その場に正座している葛原が、こちらをじっと見つめている。

(別れよう、かな……)

そのくらいしか思いつかず、膝《ひざ》の上に置いた拳《こぶし》をぎゅっと握りしめた。だが、顔には出さないようにして、なんだよ改まってと茶化すように笑う。

「颯季さん、と呼んでもいいでしょうか」

「……は？」

だが、告げられたのは予想もしていなかった内容で、目を丸くする。

「別に、好きに呼んでもらえばいいけど。お願いって、それ？」

「知り合いの方も、職場の方も、皆さん下の名前で呼んでいるでしょう。なので、それがちょっと悔しくて。随分前からずっと、お願いしようと思っていたんですが」

「……っ」

思わず脱力して、ベッドに腰《こし》かけた状態で顔を隠すように俯《うつぶ》せに倒れる。

(なんなんだこいつは！)

安堵《あんど》と照れくささ。葛原に対する愛《いと》しさ。そんなものが綯《な》い交《ま》ぜになって、一気に胸に押し寄せる。ばたばたと暴れたいのをどうにか堪《こら》え、シーツを握りしめて息を吐いた。

「あの、浅水さん」

そんな颯季の様子をじっと床に座ったまま見ていた葛原が、声をかけてくる。よし、と一度心の中で呟き、熱くなった頬を冷ますようにシーツに押しつけると、倒した身体を起こした。

「最初に、どう呼んでもいいって言ったろ。下の名前でも、呼び捨てでも、なんでもいいよ」

「ありがとうございます。じゃあ、颯季さんと」

「あー……っと、そっか。じゃあ俺も呼び方変えていいか？　信吾《しんご》君って」

これ以上距離を縮めてどうする。そんな突っ込みを内心で入れながらも、欲求に勝てず口に出してしまう。実のところ、名前で呼びたいと思っていたのは颯季も同じだった。

「もちろんです」

ふわりと、無表情だったそこにかすかに微笑みが浮かぶ。どうやら、それほど嬉しかったらしい。どきどきしつつ、ぽんぽんとベッドを——自分の隣を叩《たた》いた。意図は通じたらしく、葛原も一度立ち上がり颯季が示した場所に腰を下ろした。

「名前、気になってたんだ」

「これまで、そんなの気にしたことはなかったんですが。前に他の人が颯季さんのことを呼んでいるのを聞いて、俺が一番颯季さんとの距離が遠い気がして」

わしゃわしゃと硬い黒髪を撫でてやる。なんとなく、そこに黒い犬の耳が見えてくるようで、思わず笑ってしまった。

（犬だったら、なんだろうなー。ラブラドールにしては愛想がないし）

そんな失礼なことを考えながら髪を撫でていると、ふと、再びベッドの上で手が重ねられる。あ、と思った時には顔が近づいてきて、唇を重ねられていた。

「んんっ！」

先ほどのゆったりとしたものとは違う、衝動を感じさせるようなそれに、声を上げつつも瞳を閉じて受け入れる。痛いくらいに舌を吸われ、口腔をかき混ぜられる。

は、と一瞬離れた間に息を継ぎ、だがすぐにキスによって塞《ふさ》がれてしまう。そんなことを繰り返していると、唾液に濡《ぬ》れた唇が熱とともにじんとした痛みを感じ始めた。

「……ん、あ……、あ」

身体から力が抜け、がくりと崩れた上半身を支えようと、葛原の腕を摑んでいた手を外して下に手をつく。だが、つこうとした手には力が入らず、葛原の膝に当たって滑った。

「ごめ……あ」

「っ！」

颯季の掌《てのひら》が、葛原の中心へと当たる。そこは、硬く熱を持っており、思わず葛原を見上げた。珍しく、思いきり気まずそうな表情になっており、颯季の身体を離そうとする。

「あ、俺で……こうなったんだ」

掠れた声で、呟く。

嬉しさと、高揚感。そして、期待。鼓動が速まるのがわかる。耳元でどくどくという音がし、やめておけという心の声もストッパーにはならず、俯いて葛原の中心を見つめた。先ほどのキスで、息苦しさから瞳に涙が浮かんでおり、わずかに視界が揺れている。

(もしかしたら……)

そんな希望が見えたのは確かだった。颯季に対してそういった欲望を持ってくれたからといって、上手くいくとは限らない。そんなことは百も承知のはずなのに、衝動を抑えることができなかった。

「なあ、これ。楽にしようか」

「え?」

未だ力の入らない身体を葛原に支えてもらったまま、再び葛原の顔を見る。甘い空気に流されるようにとろんとした意識で見ていると、葛原がぐっと息を呑《の》む気配がした。

するっと倒れ込むようにして床に下りると、葛原の脚の間に座り中心に顔を近づける。

「さ、颯季さん!」

「大丈夫。嫌なら、目つぶってていいから」

感触だけであれば、男女差もそうないはずだ。そこは言葉にしないまま、葛原のジーンズに手をかける。ベルトと前立てを外すと、チャックを下ろした。

(でかい……)

力を蓄えたものが、下着を押し上げている。濡らさないように下着を下ろすと、中から予想以上の逞《たくま》しさを備えたものが姿をみせた。

「そんなこと、しなくていいですから」

突然の事態に動揺しているのか、葛原が颯季の身体を押し返そうとする。だが、大丈夫だよ、とそれをいなして葛原のものの先端に口づけた。

「……っ！」

咥《くわ》えようとするが、元々颯季の口腔が大きくないのもあり全ては咥えきれない。咥えられるところまで含み、舌先でなぞっていく。

「ん……、すごい、大きいな……」

一度口を離して呟けば、ぐっと手の中のものが力を増す。自分に対して反応してくれている。それが嬉しくて、再び口腔で葛原のものを愛撫《あいぶ》する。

「ん、ん……っ」

できるだけ喉奥《のどおく》まで咥え込み、袋の部分を指で揉《も》む。じゅ、じゅ、と唾液と先走りの音が混ざり、静かな部屋に水音が響く。颯季のかすかに漏《も》らす声の合間に、葛原の荒くなってくる息遣いが耳に届いた。

身体が熱くなる。自身も腰をうねらせながら、徐々に追い上げるように愛撫を強くしていく。堪えきれなくなったのか、葛原も腰を動かし始め、颯季の口で自身を擦《こす》り始める。

「だ、めだ。離れ、て……っ」

堪えるような声とともに、身体を押し返されそうになる。だがそれを無視して追い上げていき、んん、と促すように竿を扱《しご》いた。

「く……っ」

やがて、嚙《か》みしめた声とともに、咥えたものがびくびくと震える。口内に葛原の熱が広がり、幾度かに分けて吐き出されたそれを全て口に含んだ。

そっと葛原のものから唇を外し、口腔の中のものを嚥下《えんか》する。そして汚れたそこを拭《ぬぐ》おうと舌を伸ばした瞬間、先ほどまでとは比べものにならない強い力で上半身が起こされた。

「っ！」

肩を摑んだ腕に、身体が引き離される。そして正面から見たそこにあったのは、葛原の驚愕《きょうがく》に満ちた顔だった。蒼白《そうはく》と形容してもいいような、それ。

直前まで身体に渦巻いていた熱が一気に冷め、ざっと血の気が引いていくのがわかる。

……——やってしまった。

真っ先に頭を占めたのは、その言葉だった。後悔と諦め。震えそうになる唇を、俯いてそっと嚙みしめる。

ふと、颯季の肩を摑む葛原の手がかすかに震えているのに気づく。

（俺が動揺してる場合じゃない。しっかりしろ）

そう自身を叱咤し、俯いたままゆっくりと息を吐く。顔を上げて宥めるようにその手を叩いてやると、はっとしたように颯季の身体から葛原の手が離れていった。

(気持ち悪かったか……。ま、仕方がない)

葛原が反応してくれて、調子に乗ってしまった。実際にことに及ぶようになれば、拒絶が返ってくるのは当然予想していたのに。

「あ、あの……」

狼狽《うろた》えきった葛原の声に、反射的に口元を拭う。自分が颯季に告げた言葉の意味を、ようやく身体で理解したのだろう。男同士で、身体を繋《つな》げる。その生々しさを。

「悪ふざけが過ぎたな。ごめん」

全ての葛藤を押し隠し、申し訳なさそうな顔で苦笑する。先ほどまでの気まずい雰囲気を払うように立ち上がった。

「そんな顔するなって。あー……ちょっと手と口、洗わせてな」

葛原の返事を聞く前に、そのまま洗面所へと向かう。手を洗って口をすすぐと、はあ、と葛原には聞こえないよう小さく溜息《ためいき》をついた。鏡を見ると、わずかに青くなった——眉間《みけん》に皺《しわ》を刻んだ自身の顔があり、唇を引き結ぶ。

(わかってたことだ。傷つくことじゃない)

そう言い聞かせ、よし、と唇だけで呟く。そのままリビングへ戻ると、身繕いだけしてべッドに座ったままこちらを見ている葛原に笑ってやった。一瞬目を見開き、ほっとしたように強張った表情を緩ませるのを見て、ずきりと胸が痛む。

気まずい状態をごまかせて、ほっとしたのだろう。だが、このまま平静を装って葛原と話すこともできず、テーブルの上の皿を流しに運んだ。

「それは、俺が……」

慌てて後を追ってきた葛原に、振り返って微笑む。

「うん、頼む。後、ごめん。今日はこれで帰るな」

「え！」

「今、弟からメールが入ってさ。急用で出かけないといけないらしくて、ちょっと家で荷物受け取らなきゃいけなくなったんだ。ごめんな」

昼飯美味《うま》かった。そう言って、鞄を手に取りキッチンから続きになっている玄関へと向かう。

「あの、待ってください！」

靴を履いたところで慌てたように腕を摑まれ、反射的に身体が震えた。それを感じ取ったのか、ぱっと葛原の手が離れていく。

「ごめん、びっくりしただけ。どうした？」

「あ、いえ……また、今度の休みの日に、会えますか」

「え……？　——あ、うん」

まさかそんなことを言われるとは思わず、答えに迷う。けれど結局頷いてしまい、ありがとうございます、と言う葛原を内心の混乱を押し隠したまま見遣《みや》った。

（今度って……本気か？）

本音がわからず、けれどその場に留《とど》まることもできず「じゃあ」と告げてそそくさと玄関を出る。

背後で玄関の扉が閉まる音がし、早足で階段を駆け下りた。どうにか葛原の前では抑えていたやるせなさが、胸の奥から湧き上がってくる。

アパートから少し離れたところで立ち止まり振り返ったが、当然ながら、そこに葛原の姿はない。くるりと背を向け、少しでも早く離れようとそのまま駆け出した。

つんとする鼻の奥と胸の痛みをやり過ごしながら、唇を噛む。

葛原の手を取ったあの時、いつかは後悔すると思った。来るべき時が来ただけのことだ。わかっていたことなのだから。そう自分に言い聞かせても、胸の痛みは一向に治まらない。

時間が、巻き戻せたらいいのに。そんな埒《らち》もないことを考えながら、血が滲《にじ》みそうなほどに噛みしめる力を強くする。

「ばっかだなあ……」

ほのかに涙の滲んだ呟きは風にまぎれ、小さく空へと消えていった。

会う度に、よくわからなくなる。

そんなことを思いながら、颯季はひそかに溜息をついた。

もう会うまい。あの日の帰り、確かにそう決めた。そして一方で、葛原も「会えますか」と聞いてきたものの、もう誘いをかけてくることはないだろうと思っていた。

それなのに、また自分は葛原の部屋に来ている。そしてそれは、度重なる葛原からの誘いに折れてのものだった。

(なんで、またここにいるんだ……)

憂鬱《ゆううつ》さを押し隠しつつ、葛原には聞こえないようそっと溜息をつく。

あれから、再び葛原から誘いのメールが来た時、どうしてと戸惑いつつ休みの日も忙しいからと断りを入れた。少しの間距離を置けば、連絡もなくなるだろう。そう思ってのことだったが、葛原は、これまでとなんの変わりもなくメールや電話で度々連絡を寄越してきた。

そして断った回数が片手を超えた頃、さすがに言い訳が尽きたのと罪悪感に苛《さいな》まれ、会うことを了承したのだ。自然消滅は無理だと悟ったというのもある。

(向こうから言い出した責任感か？　ああ、それはあるかも。真面目《まじめ》だからな……)

すぐに撤回しては颯季を傷つけるかもしれない。そう思って友人として誘いをかけてきているのであれば、多少納得もできた。

「楽しそうだな……」

キッチンで作業している葛原の姿に、ぽつりと呟く。

今日は朝から葛原がケーキの試作をしており、食べてみてもらえないかと言われているのだ。すでに二、三種類作っているらしく、部屋の中には甘い匂《にお》いが充満している。

颯季は、そんな葛原の姿を時折見ながら、リビングのテーブルでタブレットを片手に仕事をしていた。沈黙に耐えられそうになかったのと、余計なことを考えないよう気を紛らわせるため、急ぎの作業だからやっていてもいいかとあらかじめ断り持ってきていたのだ。

といっても、実際には『n/sick』も含め、色々なブランドの洋服を資料としてまとめたものを、見やすいように整理しているだけだ。写真を撮ったり取り込んだりした画像を溜《た》めているのだが、年とシーズン、さらに種類別に分けていって、取り出しやすくしようとしている最中で、本来急ぎのものではない。

実のところこれは、ホスト時代からやっていることだった。レディスとメンズ、それぞれで集め始めたのは、自分の服を探すためと、女性客に対して似合う洋服を薦められるようにするためで、言うなれば話題集めのためだ。

けれど、それが今の職業で役に立っているのだから侮れない。

（塵《ちり》も積もれば山となるっていうけど、集めとくもんだな）

デザイナーやパタンナー、縫製、そしてテキスタイルデザイナーなど、過去の資料を当たる際に颯季のこれが意外と重宝されていた。本格的なものではないが、そういえば、という時にすぐ見られるのがありがたいと言われている。雑誌に載っていたものの場合は、いつのどの雑誌に載っていたかをメモしているため、索引代わりに使われているというのもあった。

写真を分類別に分け、タグをつけていく。暇な時にやっているだけなので進みは遅いが、だいぶ形にはなってきた。

（もう少し見やすくしたいけど、いい方法ないかな）

いつの間にか作業に没頭していると、ふと、キッチンで作業していたはずの葛原が斜向かいに座っていることに気がついた。

「……っ！」

「お邪魔してすみません。もう少しでできあがるので」

「大丈夫。こっちこそ、集中しすぎてた。ごめん」

一息入れようと、タブレットの電源を落とす。鞄の中に放り込むと、冷たくなったコーヒーを飲み干した。

「もう一杯、入れてきましょうか」

「いや、ケーキをいただく時にもらうからいいよ」

「わかりました。あの、このところ忙しかったそうですが、大丈夫ですか？」

「ん……ああ、平気。ちょっと用事が立て込んでばたばたしてただけ。そっちこそ、クリスマス用の新メニューとか考えないといけないなら、忙しいんじゃないか？」

嘘《うそ》をついていた気まずさから、言葉を濁して葛原の方へと話題を向ける。

「いえ。もう幾《いく》つか候補は絞っていて、後は料理が本決まりになってからの調整になるので。付き合わせて申し訳ありませんが、試作品、食べてみてもらえると助かります」

「俺は、役得だから気にしなくていいよ」

明るく笑いながら言うと、葛原が「ありがとうございます」と目を細める。目が合った一瞬、互いに見つめ合い、だがすぐに葛原がすっと視線を逸《そ》らした。

避けられている。恋人として付き合って欲しいと言われてから、キスは何度もしていたのに、それがなくなってしまった。恐らく、気のせいではないだろう。

沈黙が落ちそうになった時、キッチンの方からオーブンの止まる音が響く。

「焼けたみたいだぞ」

「はい」

促せば、無言で立ち上がりそちらに向かう。カチャカチャと音がし始め、キッチンの方を見遣ると、真剣な表情で葛原が作業の続きにかかっていた。

ぼんやりとそれを眺めながら、憂鬱さから再び溜息をつきそうになるのを堪えた。

こうなるのがわかっていたから会いたくなかったのに、会わなかったらそれはそれで落ち着かなかったのだ。メールが入っていないか、電話が入っていないか。何度も何度もスマートフォンを確認してしまっていた。仕事中だけはスマートフォンを見ずにいられたため、このところ在庫整理やチェックなど裏方仕事に精を出して同僚にも不審がられていた。

「お待たせしました」

やがて完成したのか、一枚の皿と、トレイにティーカップを乗せてやってくる。目の前に置かれたそれは、クレープシュゼットだった。クレープにグランマニエを加えてフランベしたもので、ラズベリーとアイスクリームで盛り付けられている。

「いただきます」

並べられたフォークとナイフを取り、そっと切っていく。まずはクレープを口に運ぶと、クレープとオレンジの甘みが口に広がった。まだ温かいクレープと冷たいアイスクリームを一緒に食べると、より甘くはなるものの温度差がほどよく調和して飽きさせない味になっている。さっぱりとしたオレンジの爽《さわ》やかさと相俟《あいま》って、颯季の好みにちょうど合う絶妙な甘さになっていて、逆に困惑してしまう。

(店で出す試作品、って言ってたよな。これ、でも……)

あまりにもいつも通り自分の好みに合っているのだ。葛原の意図がわからず、けれどそれを聞くのも怖くてごまかすように笑った。

「美味しい。これなら、料理食べた後でも普通に食べられそうだな」

「クレープだから重くありませんし、少し小さめにすればいいかと」

「これってさ、テーブルでフランべとかできんの？」

「そうですね。できると思います」

「そっか。それだと、見栄《みば》えもいいしクリスマスには喜ばれそうだ」

そしてアイスが溶けないうちに一枚目を食べてしまい、改めて頷いた。

「味も、甘さも、すごく好き。くどくないし、アイスつけるなら、料理が重かったりする時はちょうどいいかも」

「わかりました。ありがとうございます」

颯季の言葉を真剣な表情で聞きながら、葛原が頷いた。幾つか種類があるため、少なめに作られているのだろう。

やがて、二枚あった小さめのクレープを食べ終えてしまうと、葛原が再び席を立つ。

ティーカップを手に取り、温かな紅茶を口に含む。紅茶の種類はよくわからないが、爽やかな香りがふわりと鼻腔をくすぐった。口の中に残っていたケーキの甘さがすっと引き、三分の一を飲んだところでカップを置く。

「後、これなんですが。食べられますか？」

言いながら持ってきたのは、大皿に盛られた三種類のケーキとシャーベットだった。小ぶりなそれらは、全て一回り小さめにしてあるのだろう。シャーベットは小皿に盛り付けられて置かれている。

「大丈夫。いただきます」

並べられているのは、チョコレートケーキとベリーのタルト、ほんのり淡い黄色で色づいているシャーベットは柑橘類《かんきつるい》だろうか。

そしてなにより目を引いたのが、大きな苺《いちご》で飾られた――ショートケーキ。

それらは、どれも以前颯季が好きだと言ったケーキだった。柑橘系やベリー系、濃厚なチョコレートケーキ。そして、クリスマスの思い出でもあるショートケーキ。

あれを覚えていて、このラインナップなのだろうか。まさかと思いつつも期待を捨てきれず、そっとフォークを手に取った。

「モワルー・ショコラは――フォンダン・ショコラの方が、聞き覚えがあるかもしれませんが――熱いうちに食べてもらった方が美味しいので、そちらからお願いできますか」

「うん。って……うわ、チョコが出てきた」

フォークで切ると、中からとろりとチョコが出てくる。デコレーションされた生クリームや苺、ブルーベリーなどと一緒に食べると、ほんの少し苦みのある甘さが口に広がった。

「ビターチョコを使っていますが、中にラズベリーを入れていますから苦みは強すぎないとは思います。チョコレートは、最近店の近くにできたチョコレート専門店の店長さんに、よさそうな製菓用のチョコを幾つか紹介してもらって。これが一番、甘さと苦みのバランスが颯季さんの口に合いそうだったので決めました」

「……いや、そこは俺の好みはいらないと思うよ？」

食べながら恐る恐る言えば、葛原は意に介した様子もなく続ける。

「女性客向けに可愛めのココット型に入れてそのまま出す案も出たんですが、さほど食べにくいものではありませんし、デコレーションはこちらの方がいいかなと」

「ああ、そっか。うん。それに、切った時にチョコが出てくるのが、見た目に楽しいかも」

濃厚な味のそれを食べ終わり、次はタルトを薦められる。

「タルトレットは、タルトレット・オ・シトロンとどちらにするか悩んだのですが、フルーツを乗せた方がクリスマスらしいかと。パート・シュクレも、固めのものもありますが、できるだけ軽い歯ごたえになるように薄力粉と少しだけベーキングパウダーも使っています。今回、中はカスタードクリームのオーソドックスなものにしていますが、型にチョコレートを塗ってムースを入れるパターンも考えていて」

「それも美味しそう。上に乗せるものによって、味を変えれば色々できるよな」

「はい。一応、幾つかパターンを考えているので、よかったらまた相談させてください」

次を示唆する言葉に、俯きながら小さく「うん」と答える。本当にその日が来るのかはわからないけれど。そんなことを思いながら、ほろりと崩れたタルト生地を口の中に運ぶ。

一つ一つ食べていき、合間に紅茶で口直しをする。二つ目を食べてしまったところで、颯季が食べる様子をじっと見ていた葛原が紅茶のおかわりを入れてくれた。

そして次のケーキに差しかかったところで、ぽつりと呟く。

「ショートケーキ……」

「はい。以前、颯季さんがおっしゃっていたお話を思い出して、それにしました」

「……っ」

やっぱり、覚えていたのだ。

「去年作ったのはフレジエで、クレーム・ムスリンヌ――カスタードクリームにキルシュ酒とかバターを加えたもの――を、スポンジで挟んだものだったんですが。颯季さんの話で、日本のクリスマスだと苺のショートケーキの方が馴染み深いかと思ったので。それと以前、和菓子の話をしていた時に興味を持ってくださっていたので、今回、生地に和三盆を混ぜて使ってみました。しばらく試作していましたが、ようやく食べてもらえるレベルになったと思います」

葛原の説明を聞きながら、震えそうになる手を堪えケーキをフォークで切る。スポンジも柔らかく、白いクリームもすっと舌に溶ける優しい甘さで、どこか懐かしさを感じた。素人《しろうと》である母親が作っていたものとは比較にならないほど上品で美味しいが、それでも昔を優しく思い起こさせてくれるような味だった。

（……どうしよう。泣きそうだ）

どうして、こんなふうにしてくれるのか。期待しそうになる端から、あの日、颯季を引き剝《は》がした葛原の蒼白な顔が思い浮かび心の中にブレーキをかける。

望みを持っても、後で傷つくだけだ。そう言い聞かせながら、優しい甘さを嚙みしめる。

「……うん、美味しい」

声が震えそうになるのをどうにか堪え、最後にシャーベットを掬《すく》う。ほのかな甘さと、さっぱりとした爽やかな味は柚《ゆず》だろう。口の中に残ったクリームの甘さを、心の中の苦みと一緒に洗い流してくれるようだった。

「一種類ずつにするか、好きなものを二種類ほど選べる形式にするか、まだ悩んでいるところなんですが」

「大きさ小さめにして幾つか食べられたら、嬉しいかな。シャーベットとか、三種類くらいあるといいかも」

「そうですね……後は、クリスマスですから、さっきのクレープシュゼットのように視覚的にもそれっぽいのがいいかとは思っています。実際に料理が決まったら、多少、飾るものとかを変えないといけなくなると思いますが」

努めて冷静に聞こえるよう感想を告げると、葛原は颯季の動揺に気づいた様子もなく頷く。

「ケーキって、その日の料理に合わせてるのか？」

「定番メニューとして選べるものはありますが、お薦め料理――三種類あるんですが、それに合わせたものは変えています」

「へえ、大変だな」

「同じケーキでも、ベースにする果物を変えたら違うものになりますし。その辺は組み合わせのパターンでどうにか」

「そっか、単純にショートケーキでも果物を変えれば色々できるしな」

話しながらもデザートを完食し、手を合わせる。

「ごちそうさま。ありがとう、美味しかった」

「いえ、色々聞かせてもらえて助かりました」

頭を下げた葛原が、ふとなにかを思い出したように告げた。

「本当は、白桃のムースも作りたかったんです。ただ、時期的に桃のいいのがないので……颯季さんに食べて欲しかったんですが」

「……っ、そ……か。そういえば、よく考えたら、俺の好きなものばっかり作ってもらったみたいな気がするけど、これ店のクリスマスメニューにして大丈夫なのか？」

たった今気がついたような素振りで問うと、問題ありません、とさらりと答えが返ってくる。だが、続いた言葉は颯季の予想外のものだった。

「少し前から、颯季さんに食べてもらおうと思って試作していたケーキを、店の賄《まかな》い用に持っていっていたんですが。それを食べたシェフが、クリスマスのメニューとして使えるんじゃないかと言い始めたので。料理に合わせた調整はしていますが、颯季さんが好きな味はみんなにも評判がいいです」

「俺、に……？」

「はい。颯季さんには、きちんと完成したものも改めて食べていただきたいので。もう少し待っていてください」

空になった皿とカップを重ねながらそんなことを言う葛原の気持ちがわからず、ぐらぐらと心が揺れる。葛原が、相変わらず颯季の好みを気にして作ってくれているのは確かで、けれどそれがなんのためなのかがわからない。

もしかして、自分はあの日夢を見ていたのだろうか。そんな都合のいい考えすら浮かんでしまう。

（気持ち悪がられたと思ってたけど……そこまではいってない、のかな。けど、どう考えても、あれは生理的に駄目だった反応だし）

出口のない迷宮に放り込まれた気分でぐるぐるとしながら、不意に、目の前で重ねられた食器が視界に入った。そういえば、食べてばかりでなにもしていなかった。そう思い、咄嗟《とっさ》に手を伸ばす。

「あ、ごめん！　片付けはやるから……」

食器を持とうとしていた葛原の手に、颯季の手が触れる。その瞬間、ぱっと熱いものにでも触ったかのように手を引かれ、ぴたりと動きを止める。

「……っ、すみません。俺がやりますから、颯季さんはゆっくりしていてください」

「う、ん……ごめん。ありがとう」

ぎこちなく手を引き、引きつりそうになる唇をどうにか笑みの形にする。やはり、避けられている。かすかに顔を覗《のぞ》かせていた希望が再び叩き壊されたような気がして、胸の痛みが強くなった。

（やっぱり、触られたくないのか）

テーブルの下で、爪《つめ》が食い込むほどに拳を握りしめる。もしかすると、恋人としては付き合えないけれど、友人としてという認識なのだろうか。

わけがわからない。どういうつもりだと問い詰めたい衝動に駆られるけれど、それを聞いてしまえば、このぎこちない——細い糸で繋がっているような関係すら終わってしまいそうで口に出せなかった。

皿を流しに下げに行っていた葛原が、今度は二人分のマグカップを持って戻ってくる。テーブルの上に置かれたそれにはコーヒーが入っているらしく、馥郁《ふくいく》とした香が漂ってきた。

「ケーキの残り、もしよかったら、持って帰って裕太君と二人で食べてください」

「……あ、……うん、いいのか？」

「はい。明日店に持っていく分が少しあればいいので。後はどのみち残りますし」

「ん、ありがとう」

頷くと、ふと葛原の指が颯季の顔に伸びてくる。どきりとしてコーヒーカップを取った手を止めると、口元を親指で拭われた。ぴきりと硬直している颯季の前で、葛原がなんの気負いもない様子でクリームのついた指を見せてくる。

「ついてました」

目を細めた葛原が、そのまま拭った親指を舐《な》める。

「ご、めん……」

さっき、あれだけ勢いよく避けていたのに、今のはどういうことだ。葛原の中でなにが起こっているのか、全く理解できず、颯季は一旦考えることを放棄した。顔の熱さだけがはっきりとしていて、居たたまれずコーヒーカップを両手で持ったまま俯く。

「いえ。後……」

颯季の態度に、一瞬動揺したような声になった葛原が、だがすぐに言葉を続けた。

「これから忙しくなるので、多分、しばらく連絡できないと思います。あの、それで。クリスマスは無理なんですが、その後に一緒に食事をしませんか？　ちょっと遅めのクリスマスってことで」

「え？　あ、ああ……えっと、頑張って」

最初に言われた忙しいから会えなくなるという一言に、ついに来たと思いつつ動揺する。

その後に続いた言葉はあまりきちんと耳に入っておらず、食事をしよう、という一言だけがなんとか脳裏《のうり》に残った。

葛原の顔が見られず、視線を落としながら頷く。

「颯季さん?」

「え?」

訝《いぶか》しげな声に顔を上げると、どうかしましたか、と問われる。別になんでもないよと苦笑しながら首を横に振り、頑張ってなともう一度声をかけた。

「いつか、店に食べに行ってみようかな」

不意に思いついてそう告げると、葛原が、一瞬目を見開く。なにかを言いかけ、だがすぐに口を閉ざすと、ぜひと笑った。

(今、なにか言いかけた?)

そう思いつつもそれ以上は問えず、颯季は胸に巣くうもやもやとした感情を、苦いコーヒーで押し流した。

日本語で『青空』という意味だというフレンチレストラン『シエルブルー』は、葛原の家から徒歩十五分くらいの場所にあった。

大通りから少し離れた場所にあるそこは、昔、フランス人夫婦が建てた建物を、外観はほぼそのまま残して内装のみ改装し、使っているらしい。沙保里《さおり》の知り合いだというその夫婦が、建物に愛着を持っており、自分達がいなくなった後も残したいと沙保里に持ちかけたのだそうだ。

夫が病気で亡くなり、その後、夫人が子供のところで暮らすためフランスに帰ることになり空き家となったため、家を譲り受けレストランとして改装したのだという。店がオープンしてから、一度だけ家の持ち主だった夫人が食べにきたこともあるらしい。

窓際の席からは、様々な木々が植えられた庭が一望できる。この季節にもかかわらず、クリスマスローズやパンジーなど鮮やかな花が咲いているところを見ると、季節によって花がなくならないよう考えて植えられているのだろう。改装時に多少手を加えたものの、ほぼ元の持ち主が植えていたそれらがそのまま使われているのだという。

「ありがとう、颯季。おかげで助かったわ」

テーブルを挟んだ向かい側に座った沙保里が、満足げに微笑む。それに苦笑しつつ自分の力ではないと颯季は首を横に振った。

「いえ。俺はたいしたことはしてないですよ。覚えが早かったというか、要点だけ言えば後は自分でどうにかしてましたから」

「人に教えるのも向き不向きがあるの。今日は私からの奢《おご》りだから、好きなものを食べて」

シャンパングラスを掲げられ、颯季もテーブルの上に置かれたグラスを手に取る。

「じゃあ、遠慮なく」

チン、とグラスを合わせた乾いた音が響く。

数日前、沙保里から電話があり、時間があるなら食事をしようと誘われた。あれ以降、葛原からの連絡は全くなく、夜も時間が空いていたため二つ返事で了承した。ずっと憂鬱な気分が去らず、気分転換したかったというのもあった。

といっても、指定された場所が当の葛原が働く店だったため、気分転換としては半ば失敗しているのだが。

「葛原君、あれから店での評判もよくなってるって店長が感謝してた。当たりが柔らかくなったっていうか、角がとれたっていうか。店にとってもいいことずくしだったから、助かったわ」

「俺が主にしたことって、見た目変えただけなんですけどね。素材がよかったから、ついうちのモデルも頼んじゃいましたよ」

あはは、と軽く笑ってみせながら、シャンパンを飲む。

今日は、沙保里に合わせて『in/sick』のスーツに身を包んでいた。レストラン自体は、ドレスコードを必要とするほどの本格的な店ではないが、カジュアルレストランでもない。初めて来たが、堅苦しすぎない遊びのあるデザインのスーツでちょうどよかったようだ。

周囲を見ても、少しおめかしをして、というくらいの服装の客が多い。

「葛原君とは、随分仲がよくなったみたいね」

その一言にぎくりとし、だが表情には出さないまま「そうですかね」と笑う。

「あちこち一緒に出かけてたりしてましたからね。久々に遊び倒しましたよ」

沙保里は颯季の性的指向を知っている。そのため、沙保里には葛原とのことがばれても問題はないのだが、ここの店員にはさすがにばれるとまずいだろう。

(それに、付き合ってるって言えるのかも微妙だしな……)

ふっと、最後に会った時の葛原を思い出す。本人が気づいていたのかはわからないが、いつも颯季との間に若干距離を開けていた。葛原から触れてくることはあっても、颯季が手を伸ばそうとすると、さりげなく避けられてしまう。一度、偶然触れた時は、あからさまに手を引かれてしまった。あの態度だけでも、以前やってしまったことが尾をひいているのだとわかる。

「インタビューも無事に終わったんで、これまでみたいに会うことはないでしょうけど……ああ、でも、うちの社長がまたモデルして欲しいって頼むかも」

「そういえばこの間、葛原君に初モデル経験はどうだったかって聞いたら、颯季に『m/sick』の洋服を見立ててもらったって言ってたけど」

「似合いそうなのがあったんで。あー、でも、バイト代がわりに押しつけたんで気に入ってもらえたかはわかりません」

以前、颯季が店で見立てて渡した服を葛原が着たところは、結局一回も見たことがない。最初の頃に何枚か古着屋で買ったものは着ているが、『n/sick』のデザインは気に入らなかったのかもしれない。

(似合ってたんだけどな)

葛原は知らないが、あの時に着せた服は、葛原がモデルをしてくれると決まった時からひそかに考えていたコーディネートだった。展示されていたため正規の値段のものではなかったのは本当だが、一部はそうじゃないものもあり、どちらかと言えば苦手だろう部類の仕事をさせてしまったお詫《わ》びの意味もこめて颯季が買い上げたのだ。

そのため、全く着ている気配がないというのが寂しかった。

(あー、駄目だな、俺。完全にどつぼにはまってる)

最初に葛原から恋人として付き合って欲しいと言われた時は、まだ、驚きの方が先に立っていた気がする。けれど冷静になって考えれば、その前から徐々に好感は持ち始めていたのだ。多分、あの日の一言で、一気に恋愛対象として意識が切り替わってしまったのだろう。

元々、葛原はコミュニケーションが上手く取れていなかっただけで、基本的には面倒見がいい方だ。葛原の家に遊びに行っても、細々と颯季の世話を焼いては甘やかしていた。

遊んでいると思われがちなため、デートをする時も、家でのんびりするだとか散歩をするとか、街をぶらつくとか、そんなイメージは一切持たれたことがなかった。

高級店に行ったり、ホテルに行ったり。過去の恋人の大半が颯季の見た目のイメージに合わせて、会う場所を選んでいた。恋人として付き合った相手が、年上のそれなりに地位も金もあり遊び慣れた男が多かったというのもあるだろう。

自分自身、そういう付き合い方に慣れてしまっていたため、疑問を持つことはなかったし相手にそれ以外のものを求めようともしなかった。だが実際に葛原とお試しでも付き合うようになり、ゆったりした時間を二人で過ごすうちに、本当に欲しかったのはこんな時間だったのだと自覚したのだ。

（あの時の、水族館だってそうだ）

颯季の何気ない一言に気づき、自分でも忘れ去っていた憧れを思い出させてくれた。なによりもそんなふうに、颯季のことを考えてくれるのが嬉しかった。

こんな状態で、葛原から別れを切り出された時、わかったと言ってやれるのか。そう思いながら、意識せぬまま溜息をついていた。

「雑誌、出たら葛原君目当てのお客さんも増えるかもね」

運ばれてきた料理を食べながら、沙保里が考えを読んだような言葉を告げる。息を呑みそうになったのを、切り分けた肉を口に運ぶことでごまかしながら笑った。

「そしたら、俺に感謝してくださいね」

ふざけながら言うと、沙保里が「そうね」と小さく笑う。

「葛原君がうちの店に来た経緯は聞いた？」

「あ、はい。面接の時の話も聞きました。沙保里さんらしいなって思いましたよ」

思い出し、笑みを零《こぼ》しながら言うと、だって本当のことだものと肩を竦《すく》める。

「馬鹿正直なのと人のせいにしないのは、美点だけど欠点でもあるわね。ただまあ、あれも、守るものができたらきっと違うでしょうけど」

「守るもの？」

「そう。今のあの子は、自分一人だから。守るものの中に自分が入っていないのよ。だからこそ、ああいうタイプには誰か大事な人がいた方がいいと思うの」

「大丈夫じゃないですか。これからもっと周囲と交わっていけば、すぐに見つかりますよ」

その中に、きっと自分が入ることはないだろうけれど。胸のつかえを感じながら、機械的に料理を口に運んでいく。美味しいはずなのに味わう余裕もなく、徐々に砂を噛んでいるような感覚に陥ってしまう。

（人間関係が上手くいくのはいいことだ。そこは、絶対に）

葛原が努力した結果としてそうなるのなら、自分はただ笑ってよかったと言ってやるだけでいい。

「まあ違う意味で、颯季も似たり寄ったりなんだけど。頑固ねえ」

「……え？　なにか言いました、沙保里さん」

ぼそりと呟かれたそれが聞こえず、聞き返す。すると「なんでもないわ」と言いながら、
沙保里がナイフとフォークを置いた。

「最近ご無沙汰《ぶさた》みたいだけど、恋人ができたら教えなさいね。判定してあげるから」

「沙保里さんにそれされると、高確率で当たるから嫌なんだよなあ……」

「颯季の趣味が悪いだけよ。人を見る目を養いなさい」

どこから聞きつけてくるのか、自分がわかりやすいのか。颯季に恋人ができると、大抵は
話す前から沙保里にはばれているのだ。

（さすがにまだ、信吾君とのことはばれてないみたいだけど……）

沙保里には、もう少し黙っておこう。そしていつか、笑い話になった頃に話そう。

そんなことを考えながら、颯季は答えを胸の奥にしまい込み、そっと苦笑だけを返した。

食事が終わり、葛原が作ったのだろうデザートを食べた後、店長と打ち合わせをするとい
う沙保里と店の前で別れた。店を出ると、周囲はもう暗闇に包まれていたが、レストランは
ライトに照らされ外観を綺麗《きれい》に見ることができた。
興味をひかれ、ぐるりと店を一周して見ていると、建物の裏を通りかかった際に木陰の向

こうに人の姿を見つけた。女性と、男性。ゴミを捨てに来たのか、がさがさという音が一緒に響いている。

小さな話し声に、なんとなく歩くペースを落として足音を消す。そんなことをせず普通に通り過ぎればいいとわかっているが、身体が反射的にそうしていたのだ。

「……あ」

だが、再び垣間見えた人の姿に思わず足を止める。長身の男性の横顔。ライトの光に照らされたそれは、葛原のものだった。一緒にいるのは、恐らく女性店員だろう。先ほどまでホールにいた人達と同じ恰好《かっこう》をしている。

向こうから見えないよう、咄嗟に木陰に身を隠してしまう。今日颯季が店に行くことは、葛原には言っていない。この間、店に食べに行ってみようかと言った際、葛原がなにかを言いかけていたのが気になったからだ。本当は来て欲しくないのかもしれない。そう思い、沙保里にも、仕事中に気を遣わせたくないから言わないでくれと頼んでいた。

漠然とした後ろめたさからの行動だったが、二人で親しげに話している様子を見つけ、小さく唇を噛んだ。葛原の表情が、以前よりも柔らかい。一緒にいる時は颯季が慣れてきたせいもあり意識していなかったが、こうして人と話しているのを見るとそれがよくわかる。女性店員も、にこやかな笑顔で葛原になにかを言っている。

あれが、何事もなければ葛原の未来に訪れる姿なのだろう。元々、同性が好きだったわけ

ではない。自分が言ったことへの責任感だけで、付き合い続けていくことなどできるわけがない。

それに、颯季と付き合うことでリスクはあってもいいことなどなにもない。下手《へた》をしたら、折角馴染《なじ》んだ職場をまた変えなければならなくなる。あの店に入れてよかった。葛原がそう言っている以上、それを危うくする存在にわざわざなることなどできない。

かすかな物音に我に返る。ふと見れば、二人は店の中に戻ったらしく、人の姿は消えていた。

やっぱり、離れるべきだ。

ジャケットの内ポケットに入れたスマートフォンに手をやる。けれど、それを取る勇気のない自分に、颯季は唇を噛みしめた。


『n/sick』は、店舗やセレクトショップでの販売の他、年に数回開催されるアパレルブランドの展示会に参加している。

展示会は、一般開放されるものの、主目的はバイヤーなどへの宣伝だ。アパレル雑誌の取材なども入り、上手くいけば宣伝してもらえ、かつ取引先などを増やすことができる。

今回参加しているのは、定期的に行われる大手の展示会ではなく、幾つかのブランドが共同で行っているものだ。主催しているブランドが、新人デザイナー達やまだ名前の売れていないブランドの発表の場を設けることを目的とし、募集した中から抽選で展示ブランドを決めている。協賛、もしくは招待されたブランドも中にはあり『n/sick』は招待枠での参加となっていた。

この合同展示会が開催されるようになったのが三年前で、『n/sick』はその頃から招待されているため、次回からは共同主催の中に入って欲しいとの打診もあるらしい。主催ブランドのデザイナーと名取《なとり》が、以前一緒に仕事をしていたことがあるらしく、名取の顔の広さもなかなかよくわからなかった。

(有名ブランドにいたら、嫌でも顔が広くなるのかな)

展示用のディスプレイをしながら、颯季は、まさにその主催ブランドのデザイナーと話している名取を見遣った。服飾系の専門学校を卒業した後、颯季でもよく知る有名ブランドでデザイナーとして働いていたらしい名取は、その後、独立して自分のブランドを立ち上げた。実績を積み重ねた上での独立だったため、立ち上げ当時から『n/sick』はそれなりに注目されていたそうだ。

もっと店舗を増やさないかという話はひっきりなしに来るらしいが、今はまだその時期ではないと、名取は断っている。

「さっちゃん、今日、葛原君来るんだっけ」

「へ？　あ、うん。名取さんに頼まれてさ。招待状だけ渡しといた。夜から仕事らしいから、夕方までの間に来るってさ」

洋服を抱えた湯川《ゆがわ》に問われ、頷く。すると、やったと言いながら足取りも軽く抱えた洋服を置きに行った。

以前、資料用にと撮影した写真が職場内でも話題になり、湯川を筆頭に葛原と直接会っていないスタッフ達が実物を見たいと言っていたのだ。名取がわざわざ誘うように言ってきたことといい、来たら確実におもちゃにされるだろう。

一応、本人にもその旨《むね》は伝え、気が向かなかったら適当にごまかしておくから断ってくれて構わないと言ってある。

「さて、と。こんなもんかな」

マネキンに着せた洋服を上から下までじっくりと眺める。こういう時のディスプレイとコーディネートは、レディスもメンズも颯季に一任されている。店舗のコーディネートも、半分以上が颯季の手によるものだ。後の半分は、新人スタッフの教育のために任せている。

「靴は……こっちはブーツで、あっちはサンダルかな。緑……白、よし、緑」

ぶつぶつと呟きながら同じデザインのサンダルを色違いで二種類手に取り、片方に決める。ディスプレイした洋服の下に置き、少し離れてみて、納得のいく仕上がりに頷いた。

商品は、現在のラインナップと半年先のラインナップを併せて展示している。現在の分はほぼ宣伝用だ。

「湯川さーん、チェックよろしく」

「りょうかーい」

一通り揃《そろ》えたところで、遠くにいる湯川にチェックしてくれるよう声をかける。二人の確認が終わって、名取のオッケーが出たら完了だ。

「……颯季？」

展示位置などの調整のため周囲のブースの様子も見てこようと思い通路に出た直後、背後から驚いたような声がして足を止めた。聞き覚えのある声に振り返り、そこにいた男性の姿に目を見張る。

「佐々木《ささき》さん⁉」

慌てて近づくと、長身の男性——佐々木がふっと目を細める。モデル顔負けの優しげなその容貌《ようぼう》は、数年前と全く変わらず自然と笑みが浮かんだ。

最後に会ったのは、颯季がホストを辞める直前だった。その後、佐々木が仕事で渡仏したため、ずっと疎遠になっていたのだ。包み込むような大人《おとな》の雰囲気に、昔馴染みとしての安心感を覚えつつお久しぶりですと頭を下げる。

「日本に戻ってきてたんですか？」

「ああ、三日前に戻ったばかりだ。しばらくは、こっちの責任者として仕事をすることになってね」

「そうなんですね」

笑顔で頷くと、逆に佐々木が不思議そうな顔で問い返してくる。

「それで、颯季は、今日はどうしてここに？」

「仕事です。えーっと、佐々木さんには言ってなかったですけど、俺、今そこで働いてるんです」

言いながらブースを指差す。すると、ブランド名を見た佐々木が「あれ」と声を上げた。

「もしかしてここ……名取の？」

「です。あ、やっぱり知ってます？」

「ああ。新しく日本でブランドを立ち上げたとは聞いていたが、ラインも被《かぶ》らないからなかなかチェックする機会がなくて。名取と知り合いだったのか？」

「高校の時の先輩なんですよ。で、前の仕事辞めた時に誘ってもらいました」

実は、佐々木もデザイナーであり、昔名取がいた有名ブランドで働いていたのだ。名取には言っていないが、ブランド立ち上げ時に誘われた際、経歴を聞いてかなりの高確率で知り合いではないかと思っていた。

ただ、佐々木との関係については言えなかったため、あえて聞かなかったのだ。

「会えてよかったよ。落ち着いたら一度連絡してみようと思っていたんだ。今度、時間がある時にゆっくり飲みに行こう」

「あ……えーっと」

久々に会えた相手なのだ。話したいことは山ほどある。しかし、付き合いがただの友人関係ではなかっただけに、返事を躊躇ってしまう。

そう。佐々木は、颯季がホストを辞める直前まで付き合っていた相手なのだ。別れた原因も、互いが嫌になったというものではなく、佐々木が渡仏することになったからだった。颯季が弟のために働いていたことを知っていたからだろう。一緒についてきて欲しいと言われることもなく、自然に別れる雰囲気になったのだ。

当時の佐々木は、仕事が第一優先だった。颯季との関係は、ある意味息抜きのようなものだったのだろう。颯季自身も、恋愛感情よりも居心地のよさの方が強く記憶に残っている。

ただ、それでも、これまで付き合ってきた相手の中で、一番嫌な思い出がなく好きだったと思える相手だったのは確かだ。

口ごもる颯季の様子で、察するものがあったのだろう、佐々木がふっと微笑む。

「もしかして、恋人がやきもち焼くかな」

「……ですかね。よくわからないです」

つい気が緩んで苦笑してしまうと、佐々木が目を細めてこちらを見た。そして、それならと言いながら、腕にかけていたコートから名刺入れとボールペンを取り出す。名刺の裏に携帯電話の番号を書き、手渡される。

「これ、プライベート用の番号だから。友人として、他の人に話しにくいことがあればなんでも相談に乗るよ」

「佐々木さん……」

「颯季は、元気がなくなると余計に笑おうとするからな。たまには無理せず、落ち込んでもいいと思うぞ」

くしゃりと子供のように髪の毛を掻《か》き回される。数年のブランクがあっても変わらない慣れた感触に、ありがとうと笑う。

「うん。色々話も聞きたいし、また連絡する」

「ああ、待ってる」

折角なら名取に挨拶していこう。そう言う佐々木をブースへと案内し、名取へと声をかける。親しげに話す二人を見ながら、不意に、葛原のことを思い出した。

自分が前の恋人と会っていたら、葛原は嫉妬するだろうか。そんなことを考え、小さくかぶりを振った。

今ここで考えても仕方がないことは、考えない。

そう思いつつも、颯季の脳裏からは、先日見た葛原と女性の姿が消えてはくれなかった。

葛原が展示会に顔を出したのは、午後になる直前だった。差し入れにと紙袋に入った焼き菓子を渡され、気を遣わなくていいのにと颯季は苦笑した。

「ありがとな。みんなでもらうよ。きっちり飯食う時間がなかったから、正直ありがたい」

「大丈夫ですか？　少し、痩《や》せたような気がするんですが……」

「そうか？　あー、ここのとこ、これの準備でちょっと忙しかったから。それより、そっちも今忙しいんだろう？　ごめんな、呼び出して」

「……いえ、俺の方は」

わずかに空いた間に、ふと、やっぱり忙しいというのは嘘だったのかもしれないという考えが浮き上がる。だが落ち込みそうになる気分を無理矢理抑えつけると、頬にかすかな痛みを覚えながら色々見ていってと笑いかけた。

「あ、でもごめん。多分、名取さんに色々着替えさせられると思うんだ。今日のはバイト代出せないから、代わりに現物支給しろって言ってあるし。後でもらっていって」

「俺は大丈夫です。颯季さんの力になれるなら」

「……っ」

期待してはいけないとわかっていても、葛原の真《ま》っ直《す》ぐな言葉は心臓に悪い。無理矢理聞き流しつつ、名取さん呼んでくるから待っててと言い残しその場を立ち去った。

「あー、胃が痛い」

照れもなく大真面目に言っているとわかるだけに、こちらが居たたまれなくなる。だいぶ慣れていたのだが、恋人としてのお試し期間が始まってからは言われる度に恥ずかしさが増していっている気がする。受け取る方の心一つで、こんなにも違うものかと思うほどに。

(だけど今は……)

羞恥《しゅうち》を感じてしまう自分自身が未練がましく、悲しかった。

「名取さん、葛原君来たよ」

「おお、了解！　こっち連れてきて」

知り合いのデザイナーと話していた名取が、颯季の言葉に振り返る。話していた相手と挨拶して別れると、サンプルの中から意気揚々と洋服を選び始める。やっぱり宣伝用に使う気かと溜息をつきながら、再び葛原の元へ戻った。

「こらこら、スタッフが固まらない。信……葛原君、ごめん、こっち来て」

ほんのわずか離れただけで『n/sick』のスタッフが葛原を取り囲んでおり、苦笑する。それを持ち場に戻るように言って散らすと、葛原を名取の元へ連れていった。

「来たばっかで悪いけど、名取さんの相手してやって。着替えたら、一緒にその辺回ろう」

「颯季さんも行けるんですか？」

「俺も、今日は宣伝係。ブースは他のスタッフに任せてるから大丈夫」

そう言って、葛原を名取に引き渡す。そのまま再びブースの中へと引き返し、葛原にもらった差し入れの紙袋を責任者の湯川に差し出した。朝の準備中に、昼食は抜きになるだろうと二人で話していたのだ。喜んで受け取った湯川は、ブース裏の休憩用スペースへと置きに行った。

「はー……やれやれ。経費浮かせるためとはいえ、こんな時くらいプロに頼めばいいのに」

颯季も今日は、カタログに載せたスーツを着ている。この恰好で会場内を歩き、宣伝してくるのが役目だ。他のブランドでは、プロのモデルを雇っているところもある。

溜息をついていると、戻ってきた湯川が笑った。

「あー……社長、最初からモデルやらせる気満々でさっちゃん勧誘したもんねぇ」

「昔はね。あの頃は仕方なかっただろうけど、今もう普通に雇えるじゃん」

「いやいや、だってうちのカタログ評判いいもの。これで評判悪かったら変えるだろうけどさ。いいものをわざわざ変える意味ないし。葛原君もやってくれたら万々歳《ばんばんざい》よね」

「葛原君も忙しいのに無理して来てもらってるんだよ。いい人だから頼みも聞いてくれたし」

「なんかあれだよね。ほんと、今時珍しいくらい真面目っていうか。恋人にしたいっていうより、結婚したいタイプかな。いい旦那《だんな》さんになりそう」

「……うん、そうだね」

何気ない言葉に、胸が痛む。無理矢理笑顔を浮かべたまま立っていると、湯川がブースに入ってきた客の対応をするために離れていった。

(結婚したいタイプ、か。確かになあ)

「颯季、できたぞ」

着替えのために移動したのだろう。ブース裏から顔を覗かせた名取に手招かれ、慌ててそちらへと向かう。狭いながらも着替え用のスペースになっている部分の仕切りカーテンが開き、中から葛原が出てきた。予定していたラインナップの中にはなかった服を着ており、目をしばたたかせる。

「名取さん、これ新作?」

「そう。折角来てもらえるんならと思って、ぎりぎりだったけど一枚増やしといた。よしよし、思った通り。似合うな」

胸を張って言う名取に、もし来なかったらどうする気だったんだと心の中で突っ込みを入れる。

(まあ、無駄にはしない人だし。葛原君の性格上、一度来るって言ったら必ず来るだろうって確信があったんだろうけど)

春夏用のデザインスーツだろう。薄手の生地だが、そうは感じさせない質感だった。切り返し部分が洒落《しゃれ》ていて、シルエットも太すぎず細すぎずで絶妙なラインを作り出している。同生地のスラックスに革靴、中のシャツは白で少し着崩しており、胸ポケットにチーフを入れていた。今のコーディネートはノーネクタイのためラフな印象があるが、着方によってはフォーマルにもなる。

やっぱり、恰好いいし見栄えがするなあ。普段とは違う改まった姿にどきどきしつつも、微笑んで名取に同意する。

「うん、いいですね。葛原君、ちょっとこっち来て。頭貸して」

セット用に置いているムースを手に取り、頭を下げてきた葛原の髪を軽く整える。髪に触ろうとした瞬間、わずかに葛原の身体が揺れるのに気づき、そっと目を伏せる。やはり、こちらから触る時には身構えられている。そう思ったものの、気づかぬふりをしたまま、後で手櫛で元に戻る程度にセットし「よし」と頷いた。

「完璧。さて、じゃあ行こっか」

「はい」

二人で会場内を回り、モデル達が集まっているブースへと向かう。取材や撮影などは大半がここで行われており、颯季や葛原もあちこちから声をかけられた。

「無理して笑ったりしなくていいよ。立ってるだけで十分。撮影が嫌だったら遠慮なく断っていいから」

「わかりました。大丈夫です」

そう耳打ちすると、葛原が頷く。さりげなく葛原の撮影を少なめにするよう誘導しつつ、そう時間をおかずに撮影スペースを離れた。宣伝用には、後でもう一回颯季が来れば十分だろう。

そのまま展示会を見て回っていると、偶然通りかかった別ブランドのスタッフに声をかけられる。展示会で何度も顔を合わせているため、見かければ情報交換がてら雑談をするのが常だった。

けれど今日は、葛原がいる。また後で、と言おうとしたところで、後ろに立っていた葛原が少しかがみ耳元で告げた。

「俺、あっちの壁際にいるので。話があるならどうぞ」

「あ……」

人混みを避けて少し離れた場所へ行く葛原を見ていると、近づいてきたスタッフが話しかけてくる。

（まあ、仕方ないか）

葛原には少しだけ待っていてもらうことにして、声をかけてきたスタッフと互いの洋服をチェックし合う。また、目をつけたブランドなどを報告し、相手からもそれとなく情報を聞き出した。これらの情報収集も仕事のうちで、他社の動向を探る意味合いもある。颯季の得意分野でもあるため、宣伝ついでに動き回らされている部分もあるのだ。

「っと、ごめん。今ちょっと、知り合いが一緒だから。また後で」

そう言って別れると、足早にその場を去り葛原の姿を探す。待っているからと言っていた壁際の方に向かったが、葛原の姿が見当たらない。

「あれ……あ、いた」

視界の端に数人の女性達の姿が映り、そちらに視線をやる。その中央に立つ長身の男性の姿を認めると、捕まっちゃったか、と苦笑した。

あまり表情は変わっていないものの、ぱっと見では気がつかない程度だが眉間に皺が寄っている。あれは困ってるんだろうなと思いつつ、女性達の背後から声をかけた。

「すみません、うちのスタッフ返してもらってもいいですか？」

営業用の笑顔で葛原の隣に並び、さりげなく女性達から離すように横に動かす。自分の笑顔が、女性に対してそれなりに有効なのは実証済みだ。女性達の視線が、葛原から颯季へ移ったのを確認して、名刺を差し出した。

「向こうのブースで展示してますので、よろしかったらお越しください」

相手の視線が名刺に落ちた瞬間を狙って、ぽん、と葛原の肩を叩く。それが合図とわかったのだろう。葛原がそっとその場を離れるように動いた。それに合わせて女性達を避《よ》けて颯季も歩き始める。振り返らずにその場を立ち去り、ごめんな、と小さく声をかける。

「ああいうのは適当に無視して避けていいよ。相手してたらきりがないから」

「ありがとうございます」

ぺこりと頭を下げた葛原に、こっちこそと苦笑する。

「完全に手伝いに来てもらった状態になってごめん。後で、ちゃんとお礼はするから」

「いえ、俺は来たくて来たので大丈夫です。颯季さんが仕事してるところも見ることができましたし」

「俺？」

「はい。さっきも撮影の時、自分が写りながら、さりげなくカメラマンから遠ざけてくれたでしょう。さすがだなと思いました」

「あ、いや……俺は仕事だからいいけど、見ず知らずの人に撮られるのって気持ちよくないだろ」

「俺はどうでもいいですが。でも……」

そこまでで一度言葉を途切れさせた葛原が、ちらりとこちらを見た。

「颯季さんの写真が色んな人の目に触れるのは、多少面白くないです。仕事だとわかっているので、俺の我《わ》が儘《まま》ですが」

「……──っ」

まるで口説《くど》き文句のような言葉に、絶句する。全く照れた様子もなく、いつも通りの表情で告げる葛原に、颯季の方が落ち着きをなくし俯いた。

「いや、別に俺のは……」

「すみません。俺の心情的な問題なので気にしないでください」

「ああ……いや」

「今日の服も、すごく似合ってます」

「……ありがとう」

さりげなく、だが真っ直ぐに渡される言葉の数々。けれどこちらから近づけば、身構えられ距離を取られてしまう。

近づきたいのか、離れたいのか。葛原の真意を測りかね、颯季は性懲《しょうこ》りもなく高鳴る鼓動を持て余したまま自分達のブースへと戻った。


「今日、葛原さん大人気だったね」

閉会後、ブースの片付けを行いながら湯川が思い出したように笑う。その言葉に、颯季は葛原が来ている間のことを思い出し溜息をついた。

「遊びに来てもらったのに、最初から最後まで手伝わせて申し訳なかったよ」

「あはは、ほんとに。でもさすがに社長も気が咎《とが》めたんだろうね。気前よく現物支給してたじゃない」

「バイト代出せないからね。気に入ってくれるといいけど、あの服」

「さっちゃんの見立てだから確かだし、似合いそうだったもん。大丈夫よ」

夕方になり、葛原が帰る時間を見計らって、あらかじめ名取に許可を取って準備していた洋服を葛原に渡した。今日葛原が着ていた新作は、発売前で補正も入ることから渡せないため、代わりに颯季が今シーズン発売済みのものの中から選んだのだ。

「そうそう！　それでさ、バイヤーの女性陣がどんどん声かけてきてたじゃない？　あの中で、かなり本気モードで誘いかけてた人がいたのよ」

「え？」

たたんだ洋服をアイテムごとに段ボールに詰めながら、湯川の言葉に思わず視線を向ける。颯季の驚いた表情には気づかないまま、湯川が手を動かしながら話を続けた。

「葛原さん律儀そうだし、逃げるの大変だろうと思って声かけようとしたのね。そしたら、デートに誘われてるの即答で断ってて。その後、恋人がいるのかって聞かれたら、結婚を考えている相手がいるって答えてたの。あの顔で、ド直球で断られて、しかも結婚したい相手がいるって駄目押し。向こうも、それ以上食い下がれなかったみたい」

思い出しただけでも笑えるわ。楽しげにそう言う湯川の言葉に、颯季は半ば茫然《ぼうぜん》としながら「そっか」と答えた。

結婚したい相手。いつの間にか、葛原にはそんな相手ができていたのか。

確かに、今日一緒にいただけでも、葛原に惹《ひ》かれているらしい女性は多かった。沙保里の話では、葛原の職場のスタッフからも人気が出てきているというし、その中の誰かかもしれない。そう思った瞬間、先日葛原の店で見た、女性店員との仲の良さそうな姿が脳裏に蘇った。

（もしかして……）

「さっちゃん、仲いいんでしょ。葛原さんの相手って知ってる？」

不意に聞かれ、慌てて首を横に振る。思いついた考えが頭から去らず、胸に痛みを覚えながら必死に何気ない声を装って答えた。声が震えそうになるのを、必死で堪える。

「や……聞いたことない。今度会った時に聞いてみようかな」

おどけるようにそう言うと、わかったら教えて、と湯川が楽しげに言った。

了解、とそれに答えながら、確実に近づいてきているらしい別れの予感に、颯季は小さく身体を震わせた。

「おはようございまーす」

遠くで聞こえる声に「おはようございます」と返しながら、葛原は、今日出す予定のデザートに使うムースを冷蔵庫へと入れた。

フレンチレストラン『シエルブルー』の厨房では、開店前のこの時間、慌ただしく料理の準備が進められている。この店の営業時間は、昼の二時間半と、夕方六時から十時までの四時間。ラストオーダーは午後九時半となっている。

厨房《ちゅうぼう》で働いているのは、葛原を入れて四人。シェフとスーシェフ、そして他のキュイジニエと、パティシエである葛原だ。通常、調理場ではシェフとスーシェフが主だった責任者として動き、キュイジニエとパティシエの葛原が補助という形になっている。といっても、葛原はデザートの提供が始まるとそちらの責任者となるため、調理補助は誰かが休みの時など手が空いている時だけだ。

この店では、週一回の定休日の他に、月に数回、交代で遅番の日を設定している。遅番の時は、夕方の営業時間だけの出勤となるため、夕方まではフリーとなるのだ。

今日はちょうど葛原が遅番の日だった。そのため、出勤前に颯季に誘われたアパレルブランドの展示会へ顔を出してきたのだ。

続けてもう一つのデザートとなるアップルパイを作るため、手早く並べたパイ型にバターを塗り、昨日のうちに作っておいたパイ生地を延ばして敷いていく。底に穴を空けると、一日寝かせるために全ての型を冷蔵庫へと運び入れた。

フィリングを作ろうとリンゴの皮を剝《む》きながら、ふと、昼間会った颯季のことを思い出す。

(颯季さん、綺麗だったな)

そんなことを考えつつ、黙々とリンゴを厚めに切っていく。

ここのところ、クリスマスに向けての準備が忙しかったこともあり、なかなか颯季に会えないでいた。正直なところ、顔を合わせにくい理由がもう一つあり、休みが取れても連絡できなかったというのもある。

（もう少し……もう少しの我慢だ）

そう自分に言い聞かせ、無心で手を動かし続ける。

展示会での颯季は、歩いているだけで周囲の人達の視線を集めていた。華やかな容姿と、真っ直ぐに伸びた背中。長身なのに威圧感はなく、雰囲気はどこか柔らかい。しなやか、と言う言葉がとてもよく似合う。

自分の容姿が周囲に与える影響を知っていて、決して傲《おご》ることもそれを鼻にかけることもない。とても自然に周囲と溶け込み、そして、人を惹きつけていく。

あの人が自分の恋人なのだと思うと嬉しく、誇らしい。

色んな人に囲まれている姿を見て、思わず、その人は自分の恋人だと言ってしまいそうな衝動に駆られたけれど、それは必死で抑え込んだ。

颯季には、出会ってから色々なものを与えてもらった。人との接し方や、気遣いの大切さ。そして、誰かに惹かれるという、その気持ち。

これまで周囲と上手くいかないことが多く、一人でいることに慣れてしまっていたけれど、その原因が自分自身にこそあるということに気づかせてくれた。そしてこの職場でもどこか遠巻きに見られていただけだった葛原を、颯季は、着ているものと髪型を変えただけであっという間に溶け込ませてくれたのだ。

服装や髪型には、基本的に全く頓着していなかった。洋服も、それこそ高校卒業後に買ったシャツなどを未だに着ているくらいだ。破れておらず、洗濯さえしていればそれでいいと思っていた。颯季と最初に会った頃着ていたジャンパーも、昔祖父が着ていたものを譲ってもらったものだった。

正直、高校を卒業してパティシエとしての仕事が安定するまで、そういったものにかける余分なお金がなかったというのもある。もっとも、今はそれなりに貯金もしているし、買おうと思えば買えたのだが、髪を整えて洋服を選ぶということに根本的に必要性を感じていなかったのだから、この際金銭的な問題は関係なかったのだろう。

以前、颯季の店でモデルをした際に見立ててもらった洋服は、颯季が似合うと言って手ずから選んでくれた上、普段買わない値段のものであるため、着られそうな機会がなく未だに袖《そで》を通せていない。衣装ケースの中に大切にしまい込んであり、いつか、颯季と出かける時に着ようと思っている。

（今日もらった服も、颯季さんが選んでくれたって言ってたな）

きっと似合うと思うから。そう微笑んだ颯季に、差し出された袋ではなく颯季の方に手を伸ばしたくなった衝動を堪えたのは我ながらよくやったと思う。今はまだ、触れるわけにはいかなかった。

「葛原さん」

リンゴを鍋で煮込み、アップルパイのフィリングを作り終わった頃、メニュー表を持ったフロア担当の女性店員が近づいてくる。タルト型を冷蔵庫から出して中に詰めていると、今日のデザートの予定を一通り確認され問題ないと頷いた。

「それと、今度のお休みの日のことですけど……お付き合いするのが私で、本当にいいんですか？」

躊躇いがちに尋ねてきた女性店員に、葛原は「はい」と答える。

「もし問題なければ、ぜひ」

「わかりました。じゃあ、また詳しいことは今度」

にこりと笑って頷き、ゆっくりと去っていく女性店員の後ろ姿を見送ると、葛原は再び手元へ視線を戻した。手際よくパイ生地で詰め物の上から蓋《ふた》をして飾りをつけ、形を整えていく。

「後、少し……」

無意識のうちにそう呟きながら、葛原は、自身の中で思い描いている未来に、人知れず小さな笑みを浮かべるのだった。

数日後、散々迷った末に颯季は佐々木に連絡を入れた。

会わない方がいいとは何度も思った。けれど、一人で考え続けることにも疲れてしまい、とにかく誰かに話を聞いて欲しかったのだ。沙保里にとも考えたが、葛原を知っている沙保里には逆に話しづらかった。他に颯季が男と付き合っていることを知っている人間はおらず――名取には恐らく勘づかれているだろうが、自分から話したことはない――八方塞がり気味になっていたのだ。

暇な時に飲まないかという誘いを、佐々木は快諾してくれた。お互いに仕事が早く終わる日を選び、外で待ち合わせた。

佐々木の職場が近い銀座《ぎんざ》から少し離れた場所にあるバーに入り、改めて再会を祝って乾杯する。佐々木が奥まった場所にあるテーブル席を選んだのは、周囲の人間に話を聞かれないようにするための配慮だろう。

注文したウイスキーを一口飲みグラスをテーブルに置くと、小さく息を吐く。

「忙しいのに、ごめん」

「飲みに行こうって誘ったのは俺だよ。連絡もらえてよかった」

向かい合って座り改めて頭を下げる颯季に、佐々木が優しく笑う。元恋人に甘えてしまったことに罪悪感を覚えつつも、なにも隠さなくていい相手を前にしてどこかほっとしている自分もいた。

「佐々木さんは、相変わらずだね。ていうか、誘って大丈夫だったのかな。付き合ってる人とか……」

「今は誰もいないよ。フランスにも、日本にも」

自分のことで手一杯で、相手のことを全く考えていなかったことに気づく。若干焦って確認すると、大丈夫だからと佐々木が笑った。

「それで、颯季の悩みの種は今の恋人？」

オブラートに包むこともなく本題を切り出した佐々木に、どう話そうかと迷っていた颯季はごまかすこともなく頷く。正直今は、あれこれと言葉を探す余裕もない。葛原のことを考えすぎて、頭の中がパンク気味だった。

「正確にはまだ恋人じゃない、けど」

「それはまた、えらく曖昧《あいまい》だね」

どういうこと、と促され、テーブルの上に手を組み話し始める。まるで懺悔《ざんげ》でもしているようだと、ぼんやり頭の片隅で思う。

「付き合ってくれって言われたから……お試しならいいって俺が言って。そのまんま」

そう言って、これまでの経緯をぽつぽつと話す。元々、恋愛対象が異性だった相手であること。相手がどこまで本気で言っているのかがわからないということ。そして、実際に途中まで進んだ時に、青い顔で押し退《の》けられたこともぼかして伝えた。

「ふうん？　聞いた限りでは真面目そうな子だし、遊び半分でそんなことは言いそうにない感じだね。本人を知らないから、なんとも言えないけど」

一通り聞いた佐々木の思案気な声に、それはそうなんだけど、と力なく笑う。

「最初に自分が言ったからその責任感でってのは、多分あると思う。本当に真面目だから。男相手は……無理そうだったし。現実が見えたんじゃないかな」

だから、と一度そこで言葉を止めると、軽く息を吸って続けた。誰かに対して言葉に出すことが怖かったけれど、そうしなければ先に進めない。

「……別れた方が、いいと思ってる。単に、これまで周囲に人が少なかったから目新しい俺に目が行っただけで、周りに人が増えたらまた変わってくると思う。男が好きってわけじゃないんだし」

ぎゅっと、無意識のうちにテーブルの上で組んだ手に力がこもる。指先が白くなるほど握られたそれを見ながら、佐々木が淡々と問いかけてきた。

「颯季は、本当にそれでいいの？　そう……したいの？」

いい、と答えようとして、けれど言葉が出てこない。俯いたまま眉《まゆ》を顰《ひそ》めて唇を噛みしめると、呻《うめ》くような声が零れ落ちた。

「……――っ、嫌だよ！」

それは、紛れもない本音。

葛原に、どうしようもなく惹かれてしまっている自分。すでに一度取った手を離せなくなっているほどに、葛原のことを好きだと思っている。多分、今までの自分なら、すぐに仕方がないと諦めただろう。なのに、今回だけはどうしてもそれができないでいた。

別れたくはない。けれどそれ以上に、葛原の邪魔をして嫌われたくはなかった。

ゆるゆると息を吐き、さらに握った手に力をこめる。手の甲に爪が食い込みそうになるそれを、上から佐々木の手が包んでくれた。力を抜くように促されてそっと力を抜いていくと、堪えていたものが解けていき、ぱたりとテーブルの上に雫《しずく》が落ちた。

すっと一筋流れ落ちた涙に、慌てて手を解いて頬を拭う。自分でも涙が出るとは思ってもみず、あれ、と笑ってごまかした。

「……颯季」

痛ましげに眉を顰めた佐々木に、大丈夫だと苦笑して目元まで拭ってしまう。涙はすぐに止まったものの、未だ濡れた目をそっと伏せた。

「……嫌だよ。嫌だけど、仕方がないんだ」

そしてそう呟き、数日前に湯川から聞いた言葉を告げた。

「この間、デートに誘われてたのを断る時に、結婚したい相手がいるって言ってたんだってさ。そういうの、その場限りの嘘でごまかすやつじゃないから、多分、本当なんだと思う」

俺も馬鹿だったんだよ。あんなの本気にしちゃ駄目だったのに。

苦笑しながら、再びウイスキーを口に運ぶ。独特の匂いが鼻に抜け、舌に残る苦みがまるで今の自分の気持ちそのものだと思った。

「結婚するなら、そんなの邪魔しちゃ駄目だろ。……好きだから、幸せになって欲しいし」

好き、と言葉に出したそれに、佐々木がすっと目を細める。そのまま沈黙が落ち、颯季は胸の奥の苦みをウイスキーで流してしまうかのように残りを一気に飲み干した。元々の職業が職業なだけあって、アルコールにはかなり強い。こういう時にやけ酒をしても酔えないのは損だねと、ぽつりと呟く。

「……ねえ、颯季。もう一回、やり直してみる?」

カラン、とグラスの中で氷が音を立てる。驚きに顔を上げ、照度を落とした店内でこちらを見ている佐々木の瞳を見つめながら、乾いた声が喉から零れた。

「……——え?」

「俺は、今でも颯季のことが好きだよ。弟君がいたから、フランスには連れていけなかったけど。日本に帰ってきたから、また一緒にいられる」

「佐々木さん……」

向かい側からそっと手が伸びてきて、指が頬を滑っていく。涙の跡を辿《たど》るようなそれに、ぐらりと心が傾きそうになった。

「そんな顔をするくらいなら、いつでも俺のところに戻っておいで」

優しくかけられる声は以前のままで、胸が詰まり、また泣きそうになってしまう。

（けど……）

じゃあそうしようか。そんなふうに甘えられるほど、颯季も気持ちの切り替えができないし、そんな都合のいい人間にはなりたくはなかった。なによりも、こうして佐々木と再会して感じているのは、好きだという――愛おしいという衝動よりも、居心地のいい家族に対するような安心感だった。

けれど、気持ちが揺れないといえば、それは嘘だった。大人で、優しくて。一緒にいる間の心地よさを知っているからこそ、この手を取れば、不安や悲しみから逃れられるという確信があった。きっと、今自分が悩んでいることなど、どうでもよくなってしまうほどに、大切にしてもらえるだろうということも。

（でも、それでも……）

思い浮かぶのは、葛原の顔だった。別れなければと思う気持ちと同じくらい、好きになって欲しい、一緒にいたいという気持ちが大きくなっている。

やはり、決着はつけなければならないだろう。そうでなければ、自分は諦めることすらできない。そしてその結果が出るまでは、佐々木に甘えるわけにはいかないのだ。そう言い聞かせ、優しい提案をそっと押し戻した。

「……ごめん」

颯季の言葉は、予想していたものだったのだろう。頬を包んでいた佐々木の手が、慰めるように頭を撫でてくれる。

「颯季、変わったね」

その言葉に、え、と目を見張る。変わったと思うようなことはなにもなく、せいぜいホストを辞めたことくらいだが。そう思っていると、佐々木が思わぬ言葉を続けた。

「昔より、もっと可愛《かわい》くて綺麗になった。あの頃、俺の傍《そば》にいたのが今の颯季だったら、多分日本に置いていけなかっただろうな」

「……──？」

どういう意味だろうか。思わず首を傾《かし》げると、佐々木が苦笑する。

「颯季をこんなふうにしたのが俺じゃないっていうのが、ちょっと悔しいかな」

本気で──心の底から好きになった相手ができたからこその、美しさ。それを引き出してやれなかったということは、颯季と自分の関係がそれだけのものだったということだ。

数年前、別れようかと言った時、颯季は少し悲しそうな顔をしたけれど、佐々木を責めることなくわかったと頷いた。頑張れ、と背中を押してもらってフランスへ行ったことは後悔していないが、颯季を置いていったことにはほんの少し後悔があったのだ。

そんな胸の内は全て佐々木の心の中に押しとどめられ、不思議そうに佐々木を見ている颯季に届くことはない。

「佐々木さん？」

「相手を気遣って先回りするのは、颯季のいいところでもあるけど悪いところでもあるよ。後悔しないように、ちゃんと話してみるといい。それでも駄目だったら、いつでも俺のところに戻っておいで」

「……うん。ごめんね、ありがとう」

優しく甘やかに背中を押してくれるその言葉に、颯季はほろりと笑い小さく頷いた。


それからぽつぽつと近況を互いに話し、佐々木と一緒に店を出たのは二時間ほどしてからのことだった。

佐々木は家が決まるまで事務所近くのホテルに部屋を取っているらしく、散歩がてら颯季を駅まで送ると言い二人で駅の方へと歩いていった。

「今日はありがとうございました。久々に話せてよかった」

「こっちこそ。またいつでも連絡しておいで」

駅が見えてきたところで、付き合ってくれた佐々木に礼を言う。ここでいいから、と足を止めて頭を下げると、佐々木も足を止めた。

「じゃあまた……っ」

そのまま駅の方に足を進めようとして、けれど視界を横切った見覚えのある人の姿にぴたりと再び足を止める。驚愕に目を見開き、喘ぐように唇を開く。

「……――あ」

駅前で、親しげに腕を組んでいる一組のカップル。その男の方が、よく知る人物――葛原だったのだ。女性の方も、なんとなくだが見覚えがある。恐らく、葛原が働いている店の店員だろう。

思わず後退り、足に力が入らずよろける。

「っと、颯季？」

ふらついたところを、背後から腰を抱くようにして佐々木が支えてくれた。すみません、と茫然と返しながら、再び視線を駅の方へと戻す。

どうやら、葛原達も帰るところだったらしい。女性の方が、葛原に手を振り駅の中へと消えていく。それを見送った葛原がこちらに足を向け――そして動きを止めた。

「あ……」

驚いたような表情は、いつもの無愛想さより少し厳しいものになり、こちらへ足早に近づいてくる。ふと背中に当たる体温を意識し、はっと我に返って佐々木の腕から離れた。

「こんばんは、颯季さん」

目の前に来た葛原が、軽く頭を下げる。

「ああ……——今日は、仕事は？」

喉が張りついたようになってしまうのを引き剝がし、どうにか声を絞り出す。すると、いつもより低い気がする声が返ってきた。

「休みです。買い物があったので、今までちょっと出かけていましたが。こちらは、お知り合いですか？」

「え？　あ、ああ……うん。えっと、昔お世話になった人で、佐々木さん。佐々木さん、こちら葛原さん」

最近はよく話すようになったとはいえ、葛原が紹介していない人間のことを自分から突っ込んでくるようなことは常になく、違和感を覚えながらも互いを紹介する。

「佐々木です。颯季がいつもお世話になっています」

「……葛原です」

佐々木が、なぜか颯季の身体を支えるように再び腰に手を回してにこやかに挨拶をする。それに葛原が目を細め、不機嫌そうにも聞こえる声で返した。やはり、葛原の様子がいつもとは違う。

（なんだろう、挨拶しただけなのに……なんか、怖い？）

的確な言葉が見つからず逡巡《しゅんじゅん》していると、佐々木が「颯季」と声をかけてきた。え、と佐々木の方を振り返ると、耳元にそっと唇が寄せられる。黙ってて、と葛原には聞こえないくらいのほんのかすかな声で囁かれ、すぐに顔が離れていった。

「そろそろ行こうか？　すみません、今日はこれで」

「え、あ……」

わざわざ腰に手を回したままこの場から離れようとする佐々木に、一瞬躊躇う。どうすればいいのか。混乱したまま、思わず佐々木に促されるまま足を踏み出した途端、遮るように葛原の声がした。

「颯季さん！」

「え？」

尖《とが》った声に目を見開き、振り返る。そこにあったのは葛原の鋭い視線で、ひくりと喉が鳴った。こちらを咎めるような視線に足が縫い付けられたように動かなくなり、だがその直後、その葛原の手に小さな紙袋があることに気づいた。

「……っ」

見覚えのあるそれは、有名宝石店のものだ。ホスト時代に、プレゼントとして時折もらったことがあるからよく知っている。

（さっきの人と買いに行ったんだ）

もらったものか、誰かに渡すために買ったものか。どのみち、渡す相手は結婚したいと言っていた相手だろう。

そう思った瞬間、衝動的に傍にある佐々木に身体を寄せていた。颯季の考えを読んだように腰に回された手が、さらに近くへと引き寄せてくれる。佐々木を巻き込んでしまうことに心の中で謝りながら、葛原の方を見た。

「……ごめん。この人、昔の恋人でさ……また、やり直すことになったから。悪いけどお試し期間……終わらせて、もらえるかな」

「っ！　颯季さん⁉」

驚いたように目を見開いた葛原から、すっと目を逸らす。佐々木はなにも言わず、ただ黙って颯季の身体を包んでくれる。ぽんぽんと葛原からは見えないように軽く腰を叩いてくれ、震える肩からわずかに力が抜けた。励ましてくれているのだと、仕草だけでわかる。

「男相手はやっぱり無理だろう？　そろそろちゃんとした方がいいと思ってたんだ……だから、これで終わりってこと、で……っ！」

だがその直後、正面から伸びてきた手が颯季の腕を掴み、佐々木から引き剝がされた。なにが起こったか咄嗟に理解できず、けれどすぐに、自分が葛原の腕の中にいることに気づく。身体に回された腕が、逃がさないと言うように強く抱きしめてくる。こんな時にと思いつつも、身体から直接感じる体温と抱きしめる腕の強さに鼓動が速くなった。

「ちょ、なに……っ！」

視界の端に人々の姿が映り、ここが駅前の通りだということを思い出す。人に見られたらと動揺したまま身体を離そうとするが、颯季を拘束する腕はびくともしない。

「すみませんが、その話は場所を変えて聞かせてください」

怒りを抑えたような低い声に、びくりと身体が震える。反射的に抵抗をやめ大人しくなった颯季を見て、佐々木が目を眇《すが》めた。

「葛原君、だっけ。颯季になにかするようなら、このまま行かせるわけにはいかないけど？」

佐々木がひんやりとした厳しい声で葛原に告げる。いつもの優しい雰囲気は影を潜め、そこには怜悧《れいり》な雰囲気が漂っていた。颯季には見せたことがない威圧感。それに息を呑み、自分がどれほど佐々木に甘やかされていたのかを知った。

恐らく、仕事中の佐々木はこんな雰囲気なのだろう。以前、展覧会の後の打ち上げで名取から昔の話を聞いた時、佐々木のことを羊の皮を被った豹《ひょう》だと言っていたのだ。人当たりもいいし優しいが、狙った獲物は逃さない上、追い詰める時はとことんだ、と。

けれど当の葛原は、そんな気配を気にした様子もなく感情を抑えた声で答えた。

「話をするだけです。この人が今付き合っている相手は俺ですから」

「颯季？」

「は、い……」

問いかけられ、切れ切れに声を出す。

どうする、と問われているのはわかった。葛原の剣呑《けんのん》な気配に身体は竦んでいたが、佐々木が心配しているだろう——葛原が颯季に手を上げるかもしれない——ということは、ないと根拠もなく思えた。今も、颯季を拘束している腕は、強くはあるけれど颯季の身体を傷つけるようなものではない。

葛原の腕の中で振り返り、俯いたまま、こくりと頷く。きちんと話してくる。そう伝えるつもりで見た颯季の視線を、佐々木はきちんと汲《く》み取ってくれたようだった。

わずかな間沈黙が落ち、わかった、と静かな声が聞こえてくる。いつもの優しい表情に戻った佐々木が、颯季の方に視線を向けた。手を伸ばして、葛原の腕の中にいる颯季の頭を撫でてくれる。その瞬間、再び葛原の腕に力がこもるのがわかって、どうしてか泣きたくなってしまう。

「ちゃんと話をしておいで。なにかあったら連絡して」

「……はい」

颯季の芝居に付き合ってくれた上、心配までしてくれる。ごめんなさいともう一度心の中で謝りながら、取り残された子供のような心許《こころもと》ない気分で、立ち去っていく佐々木の後ろ姿を見送った。

手首を摑まれたまま、暗闇に包まれた道を黙々と歩いていく。

あれからずっと葛原は颯季の手首を離そうとせず、腕を引かれて電車に乗った。逆らうこともできず諾々《だくだく》と電車を降り、向かっているのは葛原のアパートだ。せめて手を離して欲しいと伝えたが、葛原は聞かなかった。

逃すまいとしているように、手首を摑む力は強い。さすがに少し痛くなりそう訴えると力は緩められたが、それでも離れていくことはなかった。

葛原のアパートに着き、部屋に上がる。そのままリビングへ連れていかれ、そこでようやく葛原の手が離れていった。じん、とした感触と、そこにあった体温がなくなった心細さで、思わず手首を自身の方へと引き寄せる。

紙袋をテーブルの上に置き、葛原が怒りを押し殺した声で颯季を見つめた。

「説明してくれますか」

「……——さっき言った通りだ」

弁解もせず、唇を引き結んで答える。真っ直ぐに葛原の顔を見ることができず、目を逸らして睨《にら》むようにテーブルの上の紙袋を見つめた。

「俺は、聞いていません。少なくとも、今の恋人は俺のはずです。なのにどうして……っ」

腹の底から押し出された声に、堪えていたものが溢《あふ》れ自嘲《じちょう》するような笑いが漏れる。

どうしてそんな、自分が傷ついたような声を出すのか。そもそも、突き放したのはそっちの方なのに。そんな感情が心の中を駆け巡り、身体の両脇で拳を握りしめた。

「恋人？　本当にそう思ってるのか？　単に自分が言い出したから引っ込みがつかなくなっただけだろう！」

足下を見つめたまま、そう声を荒らげる。掌に爪が食い込み、その痛みでどうにか震えそうになる身体を押さえ込んだ。

「……俺より、あの人の方が好きなんですか」

押し殺したような声に、颯季は口端に苦い笑いを浮かべる。今ここで、目の前にある手を離さなければ。そう思い、わざと露悪的に拒絶の言葉を告げる。

「悪いけど、俺は恋愛ごっこに付き合う気はない。男同士でヤる度胸もないやつに、いつまでも恋人だと言われたくもない。お前だって、無理だってもう十分わかっただろう？」

放り投げるように言ったそれに、葛原の手が伸びてくる。突然視界に入った手に反射的に身体を竦めると、その手は颯季の両肩を摑み葛原の方へと向けた。ぎゅっと肩を摑まれた手に力が入れられ、正面から射竦めるように見つめられる。

「俺が聞いたのは、あの人の方が好きかどうかです」

「……――っ」

ごまかすな、というようなそれに息を呑む。

顔を背けることすらできず、真剣な眼差《まなざ》しから目が逸らせない。性懲りもなく高鳴る胸に拳を握る手に力をこめた。

部屋の中に重い沈黙が落ち、やがてふっと息を吐いた葛原が、険のある顔つきを和らげる。

「颯季さんとできれば、問題ないんですか？」

「……は？」

問われ、一体なにを、と茫然と呟く。

「できることを証明すれば、別れるという話はなくなりますか？」

さらに詰め寄るように問われ、つい、なにも考えずこくりと頷いてしまう。直後、はっと我に返り、ちょっと待てと眉をつり上げた。

「この間、たったあれだけで嫌がってたのに、できるわけがないだろう⁉　馬鹿にするのもいい加減に……っ！」

ふざけるなと激昂《げっこう》しそうになったところで、ぐっと両肩を摑む手に力がこめられ言葉が遮られる。

「あれって……この間の、ですよね」

「あ、ああ」

肩を摑まれたまま顔を覗き込まれ、顎《あご》を引く。躊躇うように言われたそれに、颯季も気まずくなり、目を逸らして頷く。

「俺は、嫌がってないです。むしろ、あの……」

途端に、今まで真正面から見つめてきていた視線が、うろうろとさ迷い始める。なかなか言い出そうとしない葛原にじれ、むしろなんだよ、と剣呑な声で先を促した。

「気持ちがよすぎて我慢ができなくて……颯季さんに大変なことをしてしまったから、焦ってしまって」

「……——は？」

珍しく歯切れの悪い言葉に、しばし絶句する。先ほどまで胸に渦巻いていた怒りが急速に萎《しぼ》んでいくのを感じながら、正面に立つ葛原を見上げた。

ちょっと待て。心の中でそう繰り返しながら、たった今言われた台詞《せりふ》を頭の中で繰り返す。

気持ちがよすぎて、我慢ができなかったって……。

「じ、じゃあ……あの時押し退けられたのは……もしかして、驚いて？」

「はい」

かああっと、頬に血が上るのがはっきりとわかった。多分、全身が赤くなっている。そう思うほど身体が熱くなり、じわりと涙が滲んだ。

「ば……っ、な、なんで……」

「好きな人にあんなことをしてもらったの、初めてだったんです。しかも……あんなもの、飲ませてしまって。あのままだったら、俺は我慢できずに颯季さんにひどいことをしていたと思います」

「……っ」

ひどいこと、というそれに、はっきりと身体が反応した。ふるりと震えた身体を自分の腕で抱きしめながら、馬鹿か、と俯いて呟いた。

それが本当なら、これまでの不安や鬱屈は一体なんだったのか。

「どうして、それ、そう言わなかったんだ……っ」

責めるような言葉に、だが、葛原は少し気まずそうな声を出す。

「あれから、颯季さんに触ると我慢できなくなりそうで……けど、そういうことは、ちゃんと将来を誓い合って——プロポーズしてから、と思っていたので。ただ、まだお試し期間でしたから。断られないよう、もっと颯季さんに好きになってもらえるよう、色々と手順を考えていたんです」

「……——」

大真面目に言っているのだろうそれに、身体中の力が抜けてしまいそうになる。どうにかへたり込むのを堪えながら、全身を包むのは嬉しさと安堵だった。

将来の約束。

つまり葛原の価値観として、結婚の約束をしなければそういうことはしてはいけないと思っていたのだということだ。できないわけでは——先日の颯季の行為を、嫌がっていたわけではなかった。

（プロポーズ？）

だが突如出てきた思わぬ言葉に、動揺していいのか呆《あき》れていいのか責めていいのかわからず、一旦考えることを放棄した。葛原自身がこう言っていたとしても、その先が現実的にできるかどうかは別問題だ。まだ、なにも解決したわけではない。

溜息をつき、全ての不安を胸の奥に押し込めると、瞳に力をこめて葛原を見据えた。

「なら、本当にできるか、証明してもらおうか」

それぞれ風呂《ふろ》に入った後、ベッドの上に二人で座り込むというあまりのムードのなさに、颯季は思わず苦笑してしまう。葛原はいつも着ているのだろうスウェット、颯季は着替えがなかったため葛原のシャツを借りている。丈《たけ》が長めなこともあり、どうせこのまますのだからと下着もつけないままだ。

まるで、これから初体験でも始めようかという子供のようで、先ほどまでの緊迫感はすっかりどこかへ行ってしまった。

けれど一方で、これまでにないほど緊張しているのも確かだった。これが、最後になるかもしれない。口ではなんとでも言える。実際にやってみて駄目だった、となれば、本当にそれが終わりになるだろう。

もしそうなったら、ちゃんと葛原を元いた場所に返してやらなければならない。そう心に決めながら、目の前に座る葛原を見つめた。

「念のため、聞くけど。本当にする？」

その問いに、迷うことなく葛原が頷く。

「わかった……。やり方とか、どっかで見たことは？」

「一応、ネットとかで調べてはみました。本当かどうかはわからないですが」

意外な答えに目を見張る。

「えっと、なら、最終的にどうするかも……？」

「書いていた内容が本当なら、多分」

「そっか。じゃあ……」

言いながら膝立ちになり、胡座《あぐら》をかいて座った葛原の方ににじり寄る。葛原の両肩に手をかけて身体を支えると、片方の手で葛原の手を取った。そのままその手を自身の後ろに導いて、窄《すぼ》まりへと葛原の指を当てた。

「ここ……使うって、書いてた？」

わざと声に色を乗せて耳元で囁《ささや》く。くっと息を呑むような気配がして、颯季の胸元で葛原の頭が縦に揺れた。

（知ってたのか。なら、いざとなったら目隠しでもしてやれば大丈夫かな）

そんな不穏なことを考えながらも、颯季はどこかほっとしている自分を知った。たとえこれが最後になっても、一度くらいは思い出が欲しかった。

「本当は、ここ、もっときついんだけど……さっき、準備はしておいたから。そのままは無理だけど……あれ塗って、もう少しだけ解《ほぐ》したら、多分いけるよ」

そうして、手元に置いたジェルとゴムを視線で示す。するつもりなど全くなく、準備もなにもしていなかった。けれど初心者相手に準備不足では心許なかったため、葛原が風呂に入っている間に近くの薬局に行ってきたのだ。

（店があってよかった）

スマートさなど欠片《かけら》もないけれど、これで失敗したらお互いに傷ついてしまう。できるだけそうなる可能性は排除しておきたかった。

「あの……キス、してもいいですか？」

問われたそれに、ふっと微笑む。下から見上げてくる葛原の唇に、膝立ちのままそっと口づけを落とした。

「どこにでも、していいよ。気持ちよくして……そしたら、ここも可愛がって」

ぐっと、葛原の指の上に自身の指を添えて、蕾《つぼみ》へと指先を埋める。乾いた指はそれ以上入りはしないが、風呂場でだいぶ解したため痛みは感じない。

「熱い……」

落とされた呟きに、ぞくりと背筋に快感が走る。一度後ろから手を離させると、重ねた手を解放して葛原の首筋に腕を回した。そのまますとんと、向かい合うように葛原の脚の上に腰を落として座る。互いの中心が身体に当たり、否が応でも身体に熱がこもってくる。

「ん……っ」

どちらからともなく唇を重ねると、背中に腕が回されぎゅっと抱きしめられる。互いの身体が密着し、シャツ越しに葛原の体温が伝わってきた。

(温かい、熱い……)

もっとこの熱を感じたい。そんな思いが身体に伝わったのか、無意識のうちに身体を擦りつけてしまう。唇の合わせが深くなり、舌を絡めながら、颯季の背中に回された葛原の腕の力も徐々に強くなっていった。

「ん、ふ……っ」

ぴちゃぴちゃと舌を絡め合う水音が響く。いつしか腰の辺りに熱が溜まり、自身のものが勃起《ぼっき》していることに気づく。そしてまた、颯季の身体に、自分のものではない熱く硬いものが当たっていることにも。

(よかった、信吾君も感じてくれてる)

安堵しながらキスを続け、やがて葛原のスウェットを脱がそうと上着の裾《すそ》に手をかける。

そうして直接肌に掌を当てると、同じように颯季のシャツの裾から葛原の手が入り込んできた。そろりとなぞるように指先で脇の辺りを辿られ、くすぐったさと気持ちよさで、肌が震えた。

「んっ」

小さく声を上げると、そっと口づけが解かれる。互いの舌の間で銀色の糸が引き、はふ、と軽く息をついた。

「……キス、上手くなった。気持ちいい」

目を細めて微笑むと、葛原がわずかに眉間に皺を刻む。最初の頃はぎこちなかったそれもすぐにコツを掴み、颯季が気持ちいいと感じる場所を探り当て始めた。器用な上に、覚えがいいのだろう。そう思いながら、脱いで、と葛原のスウェットの上着を引き上げた。

ばさりと上着を脱ぐと、予想以上に逞しい身体が露《あらわ》になる。途端に頬が熱くなり、葛原の視線から逃れるように一度離れようとすると、腰を両手で掴まれ押さえられた。

「颯季さんは、脱ぎたくありませんか？」

「え？　あ、いや……でも脱ぐと……」

この身体は、どこからどう見ても男のものだ。今はシャツで男である証《あかし》も隠れているが、それを晒《さら》して葛原がどう思うか。躊躇っていると、葛原が黙々とシャツの前ボタンを外し始めた。

「ちょ、あ……待……っ」

「俺も、颯季さんの身体が見たいです。どこにでもキスしていいって言いましたよね」

「うっ……」

先ほど颯季が言った言葉を振りかざしながら、手際よくボタンを外してしまう。するりとシャツが肩から落とされ、袖が抜かれた。

「……あ」

心許ない声が零れ、咄嗟に身を捩《よじ》って身体を隠そうとする。だがそれよりも早く、葛原の唇が肌に触れた。腰を摑まれたまま鎖骨辺りを唇で辿られ、やがて、徐々に下りていき胸元へと向かう。

「あ、あ……っ」

ぴちゃりと右の胸粒を口に含まれ、全身に快感が走る。もう片方の胸を右手で弄《いじ》られ、思わず後ろにのけぞってしまう。咄嗟に葛原の首に腕を回して倒れそうになるのを堪えると、唇に含んだものを強く吸われた。

「や、ああっ！」

片方を指先で強く摘《つま》まれ、痛みと紙一重の快感に身体が震える。指と舌で胸を刺激され続けると、腰に熱が溜まっていき、自身の前から先走りが零れていくのがわかった。

「ん、そこばっか……やっ……」

まるで子供が気に入ったおもちゃを見つけたように胸ばかり弄る葛原に、止めたいのか止めて欲しくないのかもわからないまま、葛原の頭を抱え込むようにして訴える。

すると、一度そこから顔を上げた葛原が、自身の膝の上に座ったままの颯季と目を合わせてきた。

「颯季さん、可愛い」

ふっと目を細めて、頬を撫でられる。自分が、ふにゃりと泣きそうな顔をしていることにも気づかず、うるさい馬鹿、と返す。

「いっちゃうと、きつくなるから……先に、ここ……」

言いながら、ジェルを手に取り自分の掌に広げる。そうして、葛原の膝の上に座ったまま少し腰を浮かすと、自分で後ろの窄まりへと手を当てた。濡らした指を後ろに含むと、ゆっくりと広げるようにして奥へと飲み込ませていく。

風呂場で前準備をしていただけあって、指はさほどの抵抗もなく身体の中へと入っていく。

「ん……っ、ごめ、ちょっと、だけ、待ってて……」

声を堪えながら感じる場所を探っていると、少しの間じっとその様子を見ていた葛原が、不意に動いた。

「え？　や……あっ！」

颯季と同じように手早くジェルを掌に取ると、後ろを弄っていた颯季の手に自身の手を重ねてくる。ゆっくりと慎重な動きで颯季の指を後ろから外すと、その手を握り込み、下から颯季の顔を覗き込んできた。

「俺がやってもいいですか？　やり方、教えてください」

「や、でも……これは……」

「颯季さんの負担になるなら、諦めます。でも、俺は……俺が、颯季さんを気持ちよくしてあげたい」

そこまで言うと、葛原は真剣な表情で「ただ」と続けた。

「俺は……誰かとこういうことをするのは初めてです。だから、颯季さんが傷つかない方法を、教えてください」

「え……え？」

初めて、という言葉に、一瞬茫然とする。

「今まで、こういうことしたこと……ない？」

恐る恐る問えば、当然のごとく、葛原が頷いた。

「俺は、祖父母から、こういうことは自分が責任を取れるようになって、ちゃんと将来を誓い合った相手とするものだと教わりました。注意するのは当然だけど、負担が大きいのは相手なんだから、と。だから、颯季さんを抱きしめたかったけど、こういうことをしたくなるので……ちゃんと、プロポーズしてからと思っていました」

「……っ」

真っ直ぐに告げられ、顔が一気に熱くなる。どくどくと心臓が高鳴り、唇を震わせたまま「あ、う……」と意味不明の言葉を呟いてしまう。

まさか、そこまで葛原が真剣に自分とのことを考えてくれていたとは。これまでの不安が一気に溶け、代わりに胸が痛くなるほどの愛しさを感じた。

「信吾君、好きだ……」

そう言って口づけると、驚いたように葛原が目を見開く。

「ごめん。もう、離してあげられないかもしれない……」

そう呟くと、葛原が握った手に力をこめる。

「……あの人の、ことは」

不意に呟かれたそれに、佐々木のことだとすぐに思い当たる。自分の勘違いだったということに気を取られていて、そのことをすっかり忘れてしまっていた。

「あの人は……昔の知り合いだよ。何年かぶりに会って、ちょっと飲んでただけ。……好きな人の、ことで、ちょっと相談してたから……。葛原君を見て、俺が話してた好きな人が——葛原君だって気づいたんじゃないかな。ちゃんと話をするように、背中を押してくれただけだから」

よりを戻すと言ったのは、咄嗟の嘘だった。そう言った颯季に、葛原が躊躇いがちに聞いてくる。

「昔の、恋人……というのは」

あまり言いたくなかったそれを問われ、口ごもる。だが、今更隠しても仕方がないかと、小さく頷いた。

「それは、本当。でも、本当に随分前に別れたきりで……なにもないから」

信じて欲しい。葛原の肩に顔寄せてそう告げると、わかりました、と潔い返事が返ってくる。ぱっと顔を上げると、信じます、と真剣な眼差しがこちらを見据えていた。

「今、颯季さんが俺を好きだと言ってくれるのなら、それでいいです」

そしてゆっくりと、一言一言噛みしめるように続けた。

「もう、離れてくれと言われても、俺が離れません。誰にも……渡しません。颯季さんを全部もらってもいいですか？」

その言葉に思わず唇が歪《ゆが》み、こくりと頷く。誰にも渡さない。その独占欲が嬉しく、じんと身体が熱くなった。葛原の首筋に頬を寄せ、ありがとう、と耳元で小さく呟くと、答えるように頭が寄せられる。

握った手が離され、後ろに葛原の指が当てられる。ゆっくりと濡れた指が蕾の中に押し入れられ、力を抜いてそれを受け入れた。

「そ、う……大丈夫……、ゆっくり入れて……広げて……」

葛原が弄りやすいよう……そして、できるだけそこが葛原の視界に晒されないよう、向かい合った状態で膝立ちになったまま、颯季は葛原の身体にしがみついた。少しだけ腰を突き出し、葛原の指を受け入れながら、どうすればいいかを伝えていく。葛原の耳元で、零れそうになる喘《あえ》ぎ声を押し殺しながら、そう、とゆっくり囁く。

「そのまま……もうちょっと、後、一本入ったら……いいから……」

は、と息を継ぎながら、片方の腕を葛原の首から外す。そのまま下へやった手で葛原の中心を握ると、びくりと縋り付いた身体が震えた。掌に包んだものは、熱く、すでに十分な力を蓄えている。幾度か手で扱いてやると、さらに大きさが増した気がした。

「駄目です、颯季さん……それ以上は……っ」

噛《か》み殺した声に、同じように葛原も堪えているのだと知り、どこかほっとする。颯季の身体を目《ま》の当たりにして冷めていないか、義務感だけで続けているのではないか、そんな気持ちが心の片隅にこびりついて離れていかなかったからだ。

「ん、もういいよ……」

そう言って、そっと葛原の指を外させる。そして腰を上げると、葛原のものに手を添えて自身の後ろへと導いた。ゆっくりと力を抜きながら身体を下ろしていき、葛原自身を内部に迎え入れていく。

「……っく、ふ……っ」

元々、自分から入れるのはさほど得意ではない。けれど今は、自分がやらなければという使命感が颯季を突き動かしていた。震えそうになる脚を必死で堪え、徐々に腰を落としていく。心配そうな気配が前から伝わってきて、大丈夫だと伝えるように口づけた。

「ん……」

甘やかされるように舌を絡ませられ、ふっと身体から力が抜ける。同時に脚からも力が抜け、途中まで埋め込まれていた葛原のものが、一気に体内に入ってきた。

「あ……っ！」

ずん、と下から突き上げられた形になり、思わず声を上げる。ぎゅっと後ろを締めつけてしまい、息を吐くとすぐに緩めた。葛原も多少痛みがあったのだろう、かすかに眉を顰めていたが、なにも言わず労《いたわ》るように颯季の頬を撫でてくれた。

「気持ちいい……？」

「はい。颯季さんの中、温かくて……柔らかくて、ずっとこうしていたいくらいです」

その言葉に、嬉しさがこみ上げる。よかった、と笑おうとしたのに、なにかが目元から滑り落ちた。ぱたり、と肌の上に温かく濡れたものが落ち、あれ、と呟く。

「あはは、ごめん。なんだろ……なんでもない、から……んっ」

ぐいと目元を拭って笑うと、ぎゅっと抱きしめられる。そのままぶつけるように口づけられ、息ごと飲み込まれるような勢いで貪られた。

「ん、ふ……あ、や……っ」

そのまま腰を動かされ、ゆっくりと葛原のものが突き上げられていく。自分がしようと思っていたのに。そんな言葉も口に出せないまま、激しいキスと徐々に強くなる突き上げに、くらりと目眩《めまい》がした。

「ん、あ、ああ……っ！」

ばさりと耳元で音がし、気がつけば颯季はベッドに仰向《あおむ》けに横たえられていた。両脚を抱えられ、膝を折られた状態で、上からのしかかってくる葛原の姿を見上げる。

「すみません、颯季さん……痛かったら、言ってください……っ」

こんな時でも自分への気遣いを忘れない葛原にふっと笑いが零れ、大丈夫、と呟いた。葛原の首筋に腕を回し、少し上半身を起こして耳元に声を吹き込む。

「……もっと、激しくしていいから。中に……出して」

「……――っ！」

甘えるようなその声に、葛原がぐっと息を呑む。途端に体内で動いている葛原自身の嵩《かさ》が増し、颯季は思わず声を上げた。そのまま箍《たが》が外れたように腰を動かし始める葛原に、颯季も堪えることを放棄して嬌声《きょうせい》を上げる。

「や、あ、あ！　しんご、く……もっと、強く……っ」

嵐に飲まれるような勢いの快感に、無意識のうちに葛原の腰に脚を絡みつかせ、その背に爪を立ててしまう。離れていって欲しくない。そんな颯季の胸の内を代弁するかのようなそ

の行為に気づいているのか、気づいていないのか。葛原が一層深く颯季の中へと自身を押し込んだ。

「颯季さん……っ」

獣のような息づかいの中で、葛原が颯季の名を呼ぶ。そして自身の先端で颯季の奥を突いていた葛原が、絡みつく内壁を引き剝がすように抜ける寸前まで引き抜いた。抜ける。そう思った直後、腰をぶつけるように奥まで突き入れられ、衝撃に目を見開く。

「あ、あ、あああ……っ‼」

途端、颯季の最も感じる場所を葛原の先端が擦り上げ、一気に登り詰めてしまう。気がつけば放埒《ほうらつ》を迎えていた颯季にわずかに遅れ、葛原もまた中に熱を放つ。びくびくと震えるものを無意識に締め付けながら胸を喘がせ、断続的に与えられる快感をやり過ごした。

やがてそっと下腹部の辺りに掌を置き、そこを撫でてみる。

(熱い……)

身体の奥に放たれた、濡れた感触。葛原には言っていないが、ゴムをつけないまま中で出すことを許したのは葛原が初めてなのだ。安全のためというのが第一で、それを許したいと思えるほどの相手もいなかった。

これを言ったら、葛原はどう思うだろうか。

(喜んで、くれるかな……)

そう思いながら一度身体を離そうとし、だがその違和感に気がついた。

「あれ……？　信吾君、いった、よね？」

「はい。けど……颯季さんの中が気持ちよくて……すみません、このまま」

どこか譫言《うわごと》めいた声が、耳元で聞こえてくる。息を吹き込まれぞくりとすると同時に、身体の中で硬度を保ったものが再び動き始める。

「え、ちょ……待……っ」

「今度は、しばらく保《も》つと思うので。颯季さんも、気持ちよくなってください」

「いや、俺はもう十分……あっ、や……」

達したばかりで敏感になっている内壁を、ずるりと擦られる。びくびくと脚が震え、反射的に後ろを引き絞った。その刺激で再び葛原のものが大きくなり、感じる場所を掠めていく。

「や、待った、休憩……っ」

「それは、後で。まだ、キスしてないところ、いっぱい……ありますし……」

（あれ、やばい。なんかこれ微妙にイッてないかな）

どこかぼんやりとした声しか返ってこないことに寒気を覚えながら、再び脚を抱えられる。ゆっくりと突き上げられながら太股《ふともも》や足首を舌で辿られ、ぞくりとした快感に身悶《みもだ》えた。

「や、ああ……っ」

「なんとなく、わかりましたから……後は、ずっと感じててくださいね……」

一体、なにがわかったのか。心の中で突っ込みつつ、言葉にはできないまま嬌声を上げる。

「ああ、待……っ」

「待ちません。二度と……颯季さんが、俺から離れられないように……します、から」

「ふ、あ……」

ぐしゅ、と濡れた内部を掻き回され、頂点から戻りきれずに追い上げられていく。

「もう二度と、別れるなんて……あんなこと、言わせません」

「……っ」

浮かされたような言葉の中で、唐突に颯季から突きつけられた別れを、葛原がとても気にしていたことを知る。抵抗できなくなったところを、容赦なく突き上げられ、噛み殺しきれなかった声が零れた。

「あ、あああ……っ」

謝りたいのに、謝れない。ごめん、というその一言を言いたいのに、口から零れるのは快感からもたらされる嬌声ばかりで。葛原の方に腕を伸ばし、近づいてきた身体にしがみついた。

「ごめ……ん……っ」

泣きそうになりながらそう囁くと、葛原が頬に口づけを落としてくる。

「謝らなくていいです。だから……もっと、感じて……俺の全てを、受け入れてください」

「ん、ん……信吾君、信吾君……っ」

謝る代わりに葛原の名を呼びながら、荒波のような快楽の中に身を投げ出す。与えられるものを全て受け入れ、ついさっき達したばかりの颯季自身が限界まで張り詰めていった。先端から滴《したた》る蜜《みつ》を葛原の身体に擦りつけながら、自分でも気がつかないまま葛原に合わせて腰を振り、内壁を締め付けていく。

「あ、あ、っく、いく……っ‼」

立て続けに放埒を迎え、がくりと身体が揺れる。息も絶え絶えにベッドの上に背中を預け、だが、葛原がまだ達していないことにすぐに気づく。身体の内部を圧迫する熱は、全く衰える気配をみせず、さらに大きくなっていた。

「……もっと……全部……」

全てが溶け合ってしまうほどに、自分の中に葛原のものを与えて欲しい。

ぼんやりとした意識の中でそう呟いたそれに、頭上からかすかな呻き声が落ちてくる。

その小さな声にすらぞくりと身体が震え、葛原の方に震える手を伸ばした。握り返された温かな手に安堵し、再び全てを預けていく。

「颯季さん……愛しています」

これまで知らなかった、恐怖と紙一重の長く続く快感に乱されながら、ぼんやりした意識の向こうで葛原の愛おしげな言葉を聞く。その愛おしさを、与えられる以上に返したいと、颯季もまた葛原の熱を受け入れ続けながら何度も繰り返した。

「……っ、うん、俺も……好き…すき……っ」

そしてその夜、全身に口づけを落とされながらどろどろになるまで蕩《とろ》かされた颯季は、いつ終わるのかもわからないほどの快楽を、その身に刻み込まれるのだった。


「クリスマスの後に、きちんとプロポーズしようと思っていたんです」

そう言って葛原が差し出したのは、リビングのテーブルの上に置かれた宝石店の紙袋だった。情交の名残《なごり》が残る火照《ほて》った身体をベッドに起こした颯季は、ぽんと掌に置かれたそれをまじまじと見つめた。

「これ……」

「食事に行って、これを渡して、ちゃんと恋人になってもらったら我慢しなくてもよくなるかと思っていたので」

照れくさいのかベッドの端に腰かけた葛原の声が、ぶっきらぼうになっていく。その声を聞きながら、たった今言われた言葉がじわじわと頭の中に浸透してきた。葛原の意図は、先ほど身体を繋げている最中にも聞かせてもらった。だからこそ、今度は疑わずに受け入れることができた。

「あの女の人は……」

けれど、と。一番気になっていたことを問えば、葛原は「ああ」とあっさり答える。

「自分にそういったものを選ぶセンスがないというのは、ここ数ヶ月でわかったので。店の人に頼んで、選ぶのを手伝ってもらったんです」

「けど、腕組んで仲良さそうに……」

「そうでしたか？　……ああ、確かあそこ段差があったんですよ。妊婦《にんぷ》さんが歩くには足下が暗くて危なかったので、手を貸しましたが。それだけですよ」

「……――」

思い出したように答えた葛原に、なにもかもが自分の勘違いだったのだということがわかる。話を聞いてしまうと、佐々木まで巻き込んで葛原を責めた自分が恥ずかしくなり、紙袋をベッドの上に置いて再び横になると、頭から布団《ふとん》を被った。

「って、颯季さん？」

慌てたように葛原が布団を引っ張り、だが負けじと引っ張り返す。羞恥で顔が熱くなっているのがわかる。しばらく出たくないと思いながら、暗闇の中で目を閉じた。

やがて、諦めたように布団を引っ張る力がなくなり、代わりに布団の向こうから声が聞こえてきた。

「俺は、颯季さんが好きです。明るくて、優しくて、真っ直ぐで。誰かをこんなに好きだと思ったのは、初めてです」

　優しい声が、じんわりと胸を温めてくれる。もそもそと布団から顔を出し、けれど葛原の方は見られないまま、かすかな声で呟いた。

「……俺も」

　その言葉に、見ていないけれど、なんとなく葛原が嬉しそうに笑った気がした。がさがさと音がし、颯季さん、と宥めるようにかけられた声に起き上がって葛原の方に視線をやる。

「受け取ってもらえますか？」

　差し出されたのは、プラチナの指輪。台座に置かれたそれをじっと見つめ、そっと手に取る。わずかな重さが、けれど、これまでにもらった中で一番重く嬉しかった。

「……嵌《は》めてくれる？」

　ベタかな、と思いつつも言ってみると、どこか嬉しそうな表情で葛原が指輪を手に取る。なんの躊躇《ちゅうちょ》もなく颯季の左手を取ると、薬指にそれを嵌めた。

　すんなりと指のつけ根まで嵌まったそれは、サイズもぴったりで目をしばたたかせる。

　そういえば、葛原はいつの間に自分の指のサイズを測ったのか。疑問に思ったそれをそのまま口に乗せれば、珍しく葛原がすっと視線を逸らした。

「……信吾君？　こっち向こうか」

　気まずそうな表情をしているそれに、自分にあまり言いたくないなにかをしたのかと目を眇める。すると、そろそろと視線を戻してきた葛原が「あの」と口ごもった。

「怒らないから、言ってみて？」

にこりと、優しく笑いながら言う。一体なにをしたのか。その気持ちが表情に出ていたのか再び葛原が視線を逸らした。

「……──オーナーに、聞きました」

「……──っ」

ぼそりと呟かれたそれに、ある程度予想はできていたため、やっぱりかと溜息をつく。

沙保里であれば、自分の指輪の号数くらい知っているはずだ。さすがに指輪をもらったことはないが、沙保里は、指に触れれば大体の号数がわかるという特技を持っているのだ。買い物に付き合った時に測ってみなさいと言われ、答え合わせのつもりで測ったら確かに合っていて驚いたことがあった。

だが、一体どうしてそんな話になったのか。そう思っていると、葛原が、こちらが驚くような言葉を告げた。

「自分が、話しました。颯季さんのことが好きだと。プロポーズするつもりでいるので、反対されるようであれば店を辞めさせてくださいとお願いしました」

「……って、まさか！」

思わず身を乗り出すと、葛原が小さく首を横に振る。

「オーナーは、俺が颯季さんのことを好きになっていることに気がついていました。そんなことで辞めさせる気はないとおっしゃってくださって……プロポーズするなら指輪くらい準備しておきなさいと」

「沙保里さん……」

言いそうな言葉に、感激するよりもむしろ頭を抱えてしまう。多分、食事をしたあの時には気づかれていたのだろう。今度会ったら、確実に遊ばれる。そんなことを思いながら、はあ、と溜息をついた。

「すみません、勝手なことをして」

ややしょんぼりとした様子で、葛原が頭を下げる。それに「一つだけ言っておく」と厳しい表情を作って窘《たしな》めた。

「沙保里さんに言ったのは、別に構わないけど。俺のことで仕事を辞める覚悟なんか、持って欲しくない。そんなことをするくらいなら、黙ってた方がましだ」

「颯季さん……」

「俺は、信吾君が作るケーキが好きだよ。今の職場、気に入ってるんだろう？　なら、ちゃんとそっちも大切にして欲しい。なにもかもを正直に言うことだけが、誠意じゃないと、俺は思う。黙ってることで上手くいくことがあるなら、それでもいいんじゃないかな」

指輪を嵌めた左手を、ベッドの上にある葛原の手に添える。すると、ぎゅっと握りしめられ、温かさにほっと息をついた。

「指輪、ありがとう。嬉しかった。似合うの、探してくれたんだ？」

そう問えば、アドバイスはしてもらいましたが、と葛原が言葉を添えた。

「また……怒られるかもしれませんが。店の人に颯季さんの写真を見てもらって、似合いそうなのを幾つか選んでもらいました。その中で、俺が一番いいと思ったものを……颯季さん？」

今度こそベッドに突っ伏した颯季に、葛原が慌てたように声をかけてくる。

写真を見てもらって、ということは、先ほど駅で別れていた女性は、葛原が颯季に渡すことを知っていて選んだということか。

「……大丈夫なのか？　そんなことして」

恐る恐る問えば、問題ありませんでした、とさらりと告げられる。

「彼女、ホールで働いているシェフの奥さんなんですが、夫婦で共通の知り合いにもそういう人がいるから大丈夫だと笑って言われました。颯季さんの写真を見せたら、すごく恰好いいと何度も言っていたので……自慢できて嬉しかったです」

恐れを知らぬ、とはこういうことを言うのか。どこか茫然としながら、さりげなく言われた自慢できて嬉しかったという言葉に、心臓が止まるかと思うほどの喜びを感じてしまう。

そこではっと思い出したように、葛原が颯季に詰め寄る。

「そういえば、颯季さん、オーナーと店に来たんですか？」

「え？　ああ、うん。沙保里さんに誘われて……」

「どうして言ってくれなかったんですか。買い物に付き合ってくれた店の人が、前にオーナーと一緒にいた人かもしれないって、帰り際に言っていたんです」

沙保里から聞いたかと思ったのだが、違ったらしい。

葛原と一緒にいた女性店員は、あの日ホールにはいたものの、相手が沙保里だったのとテーブル担当が別の人間だったため、はっきりとは見ていなかったらしい。ただ、颯季の写真を見て雰囲気が似ていると思ったのだそうだ。

「来るとわかっていたら、颯季さんの好きなケーキを作っておいたのに」

子供のような言い分に絶句し、職場でそれは駄目だろうと頭を抱えたくなる。けれど、もう一つ気になっていたことがあるのも事実で、恐る恐る上目遣いで見上げる。

「店、行ってもよかった？」

「もちろんです。あ、でも……颯季さん、恰好いいですし、店の女の子達に騒がれそうなので、一人は避けて欲しくて。そういう意味では、オーナーと来てくれてよかったかも……」

ぶつぶつと言い始めた葛原に、泣いていいのか笑っていいのかわからなくなり歪んだ表情を見られたくなくて俯いた。拒絶されていたわけではなかったのだ。

安堵と嬉しさで赤くなっているだろう顔を俯かせながら、握られた手を離す。

「手、出して」

短く言い、薬指から指輪を抜く。掌を上にして差し出された葛原の手を、甲を上にするようにひっくり返した。そして、たった今手に取った指輪を葛原の左手の薬指に嵌める。

「颯季さん?」

返されたと思ったのか、葛原の声が動揺したように揺れる。指輪は、葛原の手には当然小さく、関節部分で止まってしまう。そこまで嵌めたところで、紛らわしい態度を取った仕返しだと心の中でほくそ笑みつつ、葛原の顔を見上げた。

「仕方ないから、嫁《よめ》にもらってやる」

そして、その一言に返ってきたのは、見たことのないほどの満面の笑顔と、力強い抱擁だった。

おいしく召し上がれ

夜空の下、ライトアップされた建物と人混みの中で、浅水颯季《あさみさつき》は白い息を吐きながら空を見上げた。頬《ほお》に当たる風は冷たく、緩めのネックウォーマーに顔を埋《うず》める。

ちらりと隣を見ると、自分より背の高い男――葛原信吾《くずはらしんご》が、隣で同じように遠くを見ていた。視線を向けたその方向に、多くの人々が向かっており、颯季達も人の流れに乗って歩いていく。

「やっぱり人が多いなー」

しみじみと呟《つぶや》くと、隣から「そうですね」という声が返ってくる。

「信吾君、疲れてない？　俺のとこは閉店早かったからいいけど、年末の片付けとかで大変だったろ?」

「問題ありません。むしろ、颯季さんと一緒に年越しができるとは思っていなかったので、嬉《うれ》しいです」

「……――うん」

肩が触れそうな位置で、こちらを向いた葛原が真《ま》っ直《す》ぐな声で告げる。言葉を惜しまず、けれど飾ったりすることもない葛原の率直さは、本人が全く照れを見せない分こちらが恥ずかしくなってしまう。イルミネーションで周囲が明るいとはいえ、夜でよかったと思いつつ赤くなった顔を俯《うつむ》けた。

お互いに今年最後の仕事を終えた後、颯季は葛原と待ち合わせて横浜の方へと足を延ばしていた。目的は、年末のカウントダウンに合わせて打ち上げられる花火と、一斉に鳴らされる汽笛だった。一緒に出かけられるのであれば初詣《はつもうで》でもよかったのだが、どのみち夜まで仕事があるためそのまま行ける方がいいだろうということになったのだ。

実のところ、年末前に互いの気持ちを伝え合い本当に恋人として付き合い始めてから、二人とも仕事が忙しくなり、ゆっくり会える日がなかったのだ。いわば今日は、恋人としての初デートでもあり、颯季はらしくもなく若干緊張していた。

久々に会った葛原は、以前颯季が選んだ『n/sick』のコートとパンツを着ており、それがまた嬉しさと落ち着かなさに拍車をかけていた。

「年末年始、うちに誘っちゃったけど、本当に実家に帰らなくてもいいの？」

「はい。毎年、大体年末まで仕事がありますから、年が明けてからどこかで挨拶《あいさつ》に行くだけですし。仕事が始まる前に、一度顔は出しに行きます。ああ……でも」

「ん？」

なにかを思いだしたような声を出した葛原に、歩きながら隣を見る。

「先日、姉からどうするのかと連絡があって。今年は、大切な人と一緒に年越しをする予定だと言ったら、今度ぜひ連れてこいと。実家の方が気兼ねなら、母方の祖父母のところでもいいからと言われました」

「……っ！　は、え……えっ⁉」

いきなり落とされた爆弾に、周囲のことも忘れ思わず大きな声を出してしまう。はっと我に返り片手で口を塞《ふさ》ぐが、目を見開いたまま葛原を凝視した。

（いや、相手が男だってことは言ってなさそうだし。本気で会わせようとすることはないよな、うん）

混乱する頭でそんなことを考えていると、葛原が当然のような顔で続ける。

「なので、そのうち一緒に祖父母のところに行っていただけると嬉しいです。姉も来ると思いますが、嫌でなければ会ってもらえると……」

「って、いやいやいや！　ちょっと待った！」

勢いよく遮《さえぎ》られ、葛原が不思議そうな顔で首を傾げる。無駄に整った顔でそんな可愛《かわい》い仕草をするなと心の中で突っ込みつつ、ぜいはあと肩で息をして、大きく溜息《ためいき》をついた。周りに聞こえないよう、声を抑えて問う。

「大切な人って、相手が男だって言ってある？」

「……いえ、確か言っていません」

姉との会話を思い出しているのか、少し遠い目をした後、首を横に振る。

「なら、そんな中でいきなり俺が行ったら、お姉さんどころか、お祖父《じい》さんもお祖母《ばあ》さんも倒れかねないよ。うちは親もいないし親類との付き合いもないからいいけど……信吾君のところはそうじゃないだろ」

「そうでしょうか？」

「俺は、お姉さん達の性格を知らないから、断言はできないけど。男同士って、他人であれば許容できるけど身内だと無理だっていう人は多いと思うよ」

自分がなにかを言われるのは構わない。元々、恋愛対象に同性しか選べないと気がついた時点で腹は括《くく》っている。唯一の身内である弟にはいつか話そうと思っているが、それは弟が就職して金銭面で自立できるようになってからのことだ。親代わりの自分が、弟の居場所を失わせるわけにはいかない。

（それにあいつは、なんとなく気づいてそうだし……）

けれど葛原は、同性を相手にしたのは颯季が初めてだ。プロポーズのような告白とともに指輪を渡され、受け取りはしたものの、一方でいつこの関係が終わってもおかしくないという気持ちが消えることはない。そんな中で、葛原と葛原の身内の間に波風を立てるようなことはしたくなかった。

葛原から、高校卒業後、両親から進路に反対され家を出たと聞いたことがある。それでも姉や母方の祖父母は背中を押して手助けをしてくれたのだと。順風満帆とは言い難《がた》い家族関係の中で、折角上手《うま》くいっている人達と揉《も》め事を起こしてしまったら、最悪、葛原の帰る場所がなくなってしまう。自分に身内が弟しかいないだけに、それだけは避けたかった。

「祖父母はわかりませんが、姉は……少なくとも、反対はしないと思います」

「……どうして？」

確信のこもった声になにか理由があるのかと問いかけると、葛原が「あそこに」とまだ人が少なそうな建物の傍《そば》へと促した。

幸い、二人とも比較的長身の部類に入る。人混みでもそれなりに周囲は見えるため、ここからでも花火は見えるだろう。

同じように立ち止まり時間を待つ人々に紛れ並んで立つと、葛原がそっと颯季の手を握ってくる。人からは見えない位置で指を絡めるように繋《つな》がれた手に、一気に鼓動が高鳴った。どくどくと心臓が落ち着かなく騒ぎ始めるのを感じながら、葛原の言葉を待つ。

「俺には、執着心がないと、姉から言われたことがあります」

「執着……」

「物でも、人でも。特に人間関係は上手くいかないことの方が多かったので、誰かと親しくすることも、ほとんどありませんでした。トラブルがあって離れていく人がいても、引き留めたこともありません」

「……――」

出会ったばかりの頃の葛原を思い出せば、その話も幾らか納得ができる。以前の職場でトラブルがあった時も、やってもいない罪を自ら被ることはないにしても、理不尽な解雇をされてそれでも淡々とそれを話せるのは、高級洋菓子店というパティシエにとっては一流だろう職場にすら執着がなかったせいだ。

「だから、姉は昔から、大切な人ができたら絶対にその手を離すなと言っていました……こんなふうに」

繋いだ手に力がこもる。その強さが葛原の気持ちをあらわしているようで、心臓が痛いほどに脈打つ。触れたところからその音が伝わってしまいそうで、唇を噛《か》みしめた。握った手に力をこめてそれに答えると、ふと、左の薬指辺りに触れた指が軽く手の甲を撫《な》でてくる。

「……っ」

肌を辿《たど》る指の感触に、ぞくりと肌が震える。俯いたまま肩を当てるようにわずかに身体《からだ》を寄せると、少し高い位置から葛原の声が落ちてきた。

「俺は、たとえ誰に反対されても、この手を離す気はありませんから」

「……ん」

小さく頷《うなず》くと、葛原が手の力を少し緩める。けれど離れていかないその手に、人に見られたらと思う一方、嬉しくもあり、颯季もそのままにする。そして、そっと深呼吸をすると、意を決して告げた。

「……――信吾君が、本当のことを話したいと思った人にならら。会いに行くよ」

そして、もし葛原が責められるようなことがあれば、その時は絶対に自分が守る。そう心の中で続けた。

颯季の言葉に身動《みじろ》ぎした葛原が、少し嬉しそうな声でありがとうございますと呟く。その声にほっとし、視線を上げた、その時。

「……っ、うわあ！」

どん、と腹の底に響くような音とともに、花火が打ち上げられる。アナウンスがあったのかもしれないが、葛原の言葉に気を取られていて全く聞いていなかった。耳に馴染《なじ》んだテンポのいい音楽に合わせて次々と打ち上げられる花火に目を見開いた。

花火は珍しいものではないが、こんなふうに近くで見たのは久々だ。真冬のきんと冷えた夜空を彩る明るい色彩《いろど》は、夏のものとは違う趣《おもむき》があり、思わず見惚《みと》れてしまう。

赤、緑、黄色、青、白。様々な色が、真っ黒なキャンバスに散っては消えていく。

「綺麗だなー」

「はい」

しばらく見入っていると、カウントダウンの声とともに一層大きな花火が上がる。直後、海の方から汽笛が聞こえ、新しい年の始まりを知った。周囲から一斉に、新年の挨拶が飛び交い始めた。

「あけましておめでとう」

「あけましておめでとうございます、颯季さん」

今年もよろしく。

互いに微笑《ほほえ》みながら視線を交わし、どちらからともなく顔を寄せる。指を絡めて繋いだままの手を握り、唇に落ちた温《ぬく》もりに周囲の喧噪《けんそう》が一瞬消えた。

周囲の視線が夜空に注がれている隙《すき》にそっと交わした口づけは、どこまでも甘く、そして優しいものだった。


「ん……」

予約していたホテルの部屋に入り、背後で扉の閉まる音がするのを、颯季は目を閉じたまま聞いていた。入口近くの壁に背を預けたまま、正面から壁に手をつき覆い被さるように口づけを落としてくる葛原の背に腕を回す。

ひとしきりキスを繰り返すと、ゆっくりと葛原が身を起こす。ふらつきそうになる脚に力を入れて立つと、葛原の腕が颯季の腰《こし》に回された。

「裕太君、大丈夫ですか？」

「……あいつなら明け方前から友達と初詣に行くって。初日の出見て、お参りして帰ってくるって言ってたし、俺も泊まってくるって言ってあるから」

身動ぎながら、葛原が着ていたコートの前を開く。中に着ていたのは、コートと一緒に颯季が選んだ『n/sick』の服で、自然と顔が綻んだ。

「これ、着てくれたんだ」

「……はい。颯季さんが俺に似合うと言って手ずから選んでくださったものだから、勿体《もったい》なくて今まで着られませんでしたけど。今日は折角なので」

その言葉に、なかなか着てくれなかった理由を知り、苦笑する。

「勿体なくなんかないよ。似合ってるんだから、どんどん着てくれると嬉しい。よかった……気に入らなかったかなって、ちょっと心配だった」

「そんなことはありません。颯季さんが選んでくれたものは、全部大事です。ただ、高い服を着慣れていないので、いつ着ればいいか迷っていただけで……」

「あはは。そこまで高級な服じゃないから、普通に着てよ。服は着てこそだし」

言いながら、少し距離をとって全身を眺めた。葛原の性格をあらわすように、颯季がコーディネートした時よりきっちりめに着ているが、これはこれで合っている。

「うん、やっぱり格好いい。あ、眼鏡、前に買ったやつ使いにくくない？」

「はい。きちんと合わせて作ったので、逆に見やすくなりました」

以前はずっとかけていた眼鏡も、今は仕事中だけしている。少し前に、前の眼鏡を壊してしまったらしく、葛原に頼まれて新しいものを一緒に買いに行ったことがあった。その時に買った、シルバーフレームの眼鏡は、葛原にとてもよく似合っていた。

「そっか。あー、でも……」

言い淀《よど》んだ颯季に、葛原が首を傾げる。

「颯季さん？」

「うん、いや。なんでもない」

ごまかすように笑ったのは、葛原が随分もてるようになっただろうな、という心配を本人に告げるのが恥ずかしかったからだ。

「なにか、不都合がありましたか？」

だが逆に心配そうに眉《まゆ》を顰《ひそ》めてこちらを見る葛原に、ぅう、と小さく唸《うな》りながら俯く。言いたくないが、言わなければ葛原が気にするだろう。そう思い、俯いたまま目の前にある身体に顔を寄せ、葛原から表情が見えないよう額《ひたい》を押しつけた。

「あれも、すごく似合ってたし、店でももてるだろうなって……思っただけ」

小さく、そして早口で告げる。すると、葛原の手が颯季の背中に回され引き寄せられた。

「物珍しいのか、色々と話しかけてくる人はいますが、別にもててはいませんよ。俺は、颯季さんだけがいればいいです」

「……――ん」

それは、決して物珍しいだけではないはずだが。そう思いつつも、葛原から差し出される真っ直ぐな言葉に落ち込みそうな気持ちを掬い上げられ、赤くなりながら頷いた。顔を上げて葛原の唇に軽くキスをする。目を見張った葛原に小さく微笑みながら、今度は耳元に唇を寄せた。

「ベッド……行こうか」


「ん……ん……っ」

ぎしぎしとベッドのきしむ音をどこか遠くで聞きながら、颯季はシーツを握りしめ頬を埋めた。上がる息とともに、身体は快感に火照《ほて》り桜色に染め上げられている。俯《うつぶ》せに横たわり腰だけを高く上げ、後ろから葛原に貫かれた状態で、随分長いこと揺さぶられ続けているのだ。

時間をかけて蕩《とろ》かされた場所に、葛原の硬く熱いものを突き入れられた直後、颯季は一度軽く達していた。久々だったせいか、後ろを丹念に解《ほぐ》されている間に身体中が快感に侵されていたせいか、あまりの早さに自分でも驚いてしまったほどだ。

だが全てを収めきったその後、葛原が、颯季の身体の感触を楽しむかのようにゆっくりとしか動かないため、颯季の前は再び張り詰めているものの放埓《ほうらつ》を迎えることができないでいる。

「ん、や……そこ……っ」

ぐりぐりと、身体の内壁のある一点を硬いもので擦《こす》られ、身を捩《よじ》る。

感じる部分を何度も刺激され、その動きを止めようと後ろに力がこもる。だがその瞬間、飲み込んだものが大きくなり一層圧迫感が強くなった。

「や、おおき……っ……」

「……くっ」

咄嗟《とっさ》に上げた声に、背中から噛み殺した声とともに葛原が覆い被さってくる。さらに身体の奥深くに葛原のものが進み、抜かないまま腰を何度も打ち付けられた。内部を掻き回す動きに、つられるように颯季の腰も回り始める。

「あ、あ……」

ぐいぐいと奥へ奥へと押し込まれ、後ろに下生えの当たる感触がする。前に押され、身体がずり上がりそうになる度、背中から抱きしめてくる葛原の腕が颯季の身体を引き戻した。

さらに前に回した手で胸を揉まれ、思わず身を捩る。

「あ、前……触って……っ」

後ろを貫かれてから一度も触られていない颯季の中心は、だらだらと先走りを零《こぼ》し続けている。けれど葛原は前には全く触ろうとせず、指で胸の先端を摘《つま》むと腰を動かしながらそこを刺激し始めた。

「颯季さん、このまま……いけますか？」

「や、無理……や……っ」

上がる息を堪《こら》えるようにして、葛原が耳元で囁《ささや》いてくる。甘い、けれど快感に溺《おぼ》れきってしまえと促すような言葉に、小さく首を横に振った。

「でも……ほら、颯季さんのここ、全然触ってないのにこんなになってます」

「あ、ああ……っ！」

胸から離れた手が腹の辺りにやってきたと同時に、ふわりと身体が宙に浮く感覚がする。直後、先ほどよりもさらに奥まで貫かれ、身を竦《すく》めながら声を上げた。

衝撃で頂点まで押し上げられそうになったものの、その後、葛原が動かずにじっとしていたため最後までは辿り着けない。そして気がつけば、颯季を抱えたまま身を起こした葛原がベッドに腰を下ろしていた。葛原の腿《もも》の上に背中を向けて座っている状態で、肩越しに颯季の前を見下ろしてくる視線に、咄嗟に離れようとする。

「見るな、こら……っ」

「どうしてですか。颯季さんの身体、すごく綺麗です。ほら、ここも……赤くなってる」

耳元で囁きながら、再び葛原が胸を弄《いじ》ってくる。

「あ、馬鹿……そこ……っ」

葛原に貫かれる前まで散々弄られていた胸の先端は、赤く熱をもって立ち上がっている。颯季が途中で痛いと言ったため、ジェルを塗られたそこは、未《いま》だぬめりを帯びており葛原の指の間で容易《たやす》く転がされてしまう。

「颯季さん……ここ、自分でできますか？」

「え、なに……」

唆《そそのか》すように颯季の手を取った葛原が、上から自身の手を添えたまま両手を颯季の胸へと導く。指先で胸の粒を弄るように誘導され、強く摘む。じんとした痛みに近い快感が走った瞬間、葛原の手が離れていったにもかかわらず、自らそこを弄り始めていた。

「ん、や……あ、ああ……っ」

脚を抱えられ、激しく腰を突き入れられると、上と下からの刺激に高い嬌声《きょうせい》を上げた。乳首を弄る指に自然と力がこもり、痛みなのか快感なのか判然としないまま身悶《みもだ》える。

「あ、え……、――っ‼」

直後、颯季の二の腕に手がかかり、再び体勢が変えられる。二人とも膝立《ひざだ》ちになり、颯季の二の腕を摑《つか》んだままの葛原が後ろから激しく腰を使ってきた。自分の身体を支えられず前のめりになると、腕を後ろに引かれた状態で、腰を葛原の方に突き出すような恰好《かっこう》になってしまう。

「……あ、ああ……や、あああ……っ」

「颯季さん、颯季さん……っ」

我を忘れたような葛原の動きに、自然と合わせるように腰を揺らす。ぐしゅぐしゅと、ジェルと葛原の先走りが混じり合う濡《ぬ》れた音がどこからともなく聞こえてきた。

両腕が摑まれているため、自分で前を触ることができない。だらだらと零れる先走りの量が多くなり、獣《けもの》のような動きで後ろを責めたてられ、颯季はいつしか声を抑えることもできずに奔放《ほんぽう》に嬌声を上げていた。

「あ、ああ……も、いく、いく……――っ！」

「く……っ！」

放埒を迎えた直後、身体の中で葛原のものが最奥《さいおう》へと突き入れられる。ぎゅうっと締め付けた内壁にびくびくと葛原のものが震え、叩《たた》きつけるように奥の方に熱いものがかけられた。断続的に、けれど長く続くそれを絞り出すような動きで、幾度も颯季の中がうねる。

「ん……っ、は……ふ……っ」

最後まで出し切った葛原が、ゆっくりと自身の物を颯季の中から抜き出す。ずるりとしたその感触に声を嚙み殺し、力が抜けた身体をベッドに横たえた。

結局、入れられてから一度も前に触れられないまま達してしまった。そんなことは初めてで、颯季はふるりと震えた身体を抱きしめた。

葛原と一緒にいると、どんどん、知らなかった自分を突きつけられる。それが嬉しくもあり、怖くもあり。颯季は熱のこもった息を吐きながら、そっと頰に当てられた手に視線をやった。

「すみません……大丈夫ですか？」

汗に濡れた髪をかき分けてくれる指は、先ほどまでの激しさなど全く感じさせないほど優しい。熱に火照った頰をその手に寄せると、顔をずらして軽く掌《てのひら》にキスをした。

「颯季さん……？」

「大丈夫。信吾君は、色々……俺の初めてを教えてくれるなって……思ってたとこ。な、もう終わり？」

誘うような瞳で、覗《のぞ》き込んできた葛原の顔を見つめる。息を吞《の》む音と同時に、葛原の瞳が獲物を狙う野生の獣のような色を孕《はら》んだ瞬間、ぞくりと身体中に快感が走った。

もっと、食べて……。

そう囁いた颯季が、意識を失うように眠りに落ちたのは、窓の外に広がる空が白々とした色に染まった頃のことだった。

あとがき

こんにちは、初めまして。杉原朱紀です。この度は「抱きしめてくれないの？」をお手にとってくださり、誠にありがとうございました。

今回、色んな意味で、ひたすら甘いお話になったなと。なんだかんだと食べる場面が増えていて、さすがにちょっと甘いもの食べすぎじゃないかと別方面の心配をしながら書いていました。そして、読み返すたびにお腹がすくという、いらないオプションつき……。颯季は、食事面で全く困ることがなさそうでいいなあと。

全体的に平和な話を書いたのは、実は初めてかもしれないと思いつつ（笑）隙があればなにか事件を起こそうとする私を、担当様がいさめてくださいました。すみません。

ちなみに、今回タイトルもつけていただきました。可愛いのって難しいですね！　元々考えるのが苦手なところに可愛くという課題がついて、余計に思い浮かびませんでした。ぴったりな言葉を考えつくのってすごいなあと心底。

疲れている時など、甘い話が読みたい、という時に読んでいただけるようなお話になっているといいなと思います。

挿絵をご担当くださった、陵クミコ先生。恰好いい葛原と、美人の颯季をありがとうございました！　颯季のデザインを二パターンいただいていたのですが、どちらも捨てがたく。

片方を選ばないといけないのがとても辛かったです。もう片方も、みなさんに見ていただきたかった。

カバーイラストの二人が、話の雰囲気そのまんまという感じで。見た瞬間、思わずにやけてしまいました。一層素敵なお話にしてくださり、本当に感謝しております。

お世話になっております、担当様。的確で細やかなご指摘、いつもとても助かっております。ありがとうございます。今回こそ、と思ってはいるのですが、毎度ご迷惑をおかけしてすみません……。そして、ぎりぎりまで直しまくるのを、もう少しどうにかしたいなと。心意気だけは。

最後になりましたが、この本を作るにあたりご尽力くださった皆様、そして誰よりも、読んでくださった方々に、心から御礼申し上げます。

気が向いたら、感想等お聞かせいただけると嬉しいです。

それでは、またお会いできることを祈りつつ。

二〇一六年　初春　杉原朱紀

✦初出　抱きしめてくれないの？……………書き下ろし
　　　　おいしく召し上がれ…………………書き下ろし

杉原朱紀先生、陵クミコ先生へのお便り、本作品に関するご意見、ご感想などは
〒151-0051 東京都渋谷区千駄ヶ谷 4-9-7
幻冬舎コミックス　ルチル文庫「抱きしめてくれないの？」係まで。

幻冬舎ルチル文庫

抱きしめてくれないの？

2016年3月20日　　第1刷発行

✦著者　杉原朱紀　すぎはら あき

✦発行人　石原正康

✦発行元　株式会社 幻冬舎コミックス
〒151-0051 東京都渋谷区千駄ヶ谷 4-9-7
電話 03(5411)6431［編集］

✦発売元　株式会社 幻冬舎
〒151-0051 東京都渋谷区千駄ヶ谷 4-9-7
電話 03(5411)6222［営業］
振替 00120-8-767643

✦印刷・製本所　中央精版印刷株式会社

✦検印廃止

ISBN978-4-344-83687-7　C0193　Printed in Japan